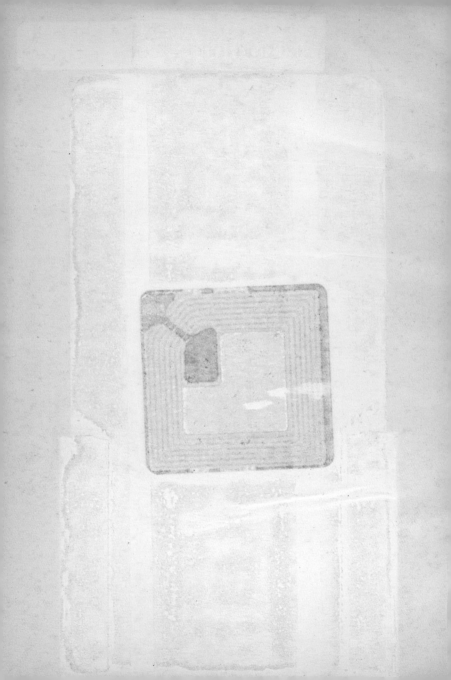

Collection folio junior

Quentin Blake a débuté très jeune, en dessinant pour différents magazines comme *Punch*. Son génie d'illustrateur et son sens du détail humoristique l'ont orienté vers l'univers du livre de jeunesse. Il a illustré plusieurs centaines de livres, dont beaucoup sont connus dans le monde entier. Son trait équilibre le propos parfois sombre et acide de Roald Dahl et en donne une représentation pleine d'humour.

Quentin Blake a dirigé pendant de nombreuses années le Département Illustration du Royal College of Art à Londres. Aujourd'hui, il se consacre entièrement à l'illustration.

Roald Dahl, d'origine norvégienne, est né au Pays de Galles en 1916. Avide d'aventures, il part pour l'Afrique à l'âge de dix-huit ans et travaille dans une compagnie pétrolière, avant de devenir pilote de la Royal Air Force pendant la Seconde Guerre mondiale. Finalement, il décide de devenir un écrivain à part entière... mais c'est seulement en 1960, après avoir publié pendant quinze ans des livres pour les adultes que Roald Dahl débute dans la littérature pour la jeunesse avec *James et la Grosse Pêche*, bientôt suivi, avec un succès toujours croissant, de *Charlie et la Chocolaterie*, des *Deux Gredins*, de *La Potion magique de Georges Bouillon*, de *Sacrées Sorcières...* Dans la seule Grande-Bretagne, plus de onze millions de ses ouvrages pour la jeunesse se sont vendus entre 1980 et 1990 !

Roald Dahl, ce géant qui parfois choquait les adultes, mais comprenait et aimait les enfants, est mort le 23 novembre 1990, à l'âge de soixante-quatorze ans.

ISBN 2-07-051254-1
Loi n° 49-956 du 16 juillet 1949
sur les publications destinées à la jeunesse
© Roald Dahl Nominée L.T.D., 1988, pour le texte
© Quentin Black, 1988, pour les illustrations
© Éditions Gallimard, 1988, pour la traduction française
© Éditions Gallimard, 1994, pour la présente édition
Dépôt légal : mai 2002
1ᵉʳ dépôt légal dans la même collection : mars 1997
N° d'éditeur : 13887 – N° d'imprimeur : 92343
Imprimé en France sur les presses de l'Imprimerie Hérissey

Roald Dahl

Matilda

*Traduit de l'anglais
par Henri Robillot*

Illustrations de Quentin Blake

Gallimard

À Olivia
20 avril 1955 - 17 novembre 1962

Une adorable
petite dévoreuse
de livres

Pères et mères sont gens bien curieux. Même lorsque leurs rejetons sont les pires des poisons imaginables, ils persistent à les trouver merveilleux. Certains parents vont plus loin : l'adoration les aveugle à tel point qu'ils arrivent à se persuader du génie de leur progéniture. Mais, après tout, quel mal à cela ? Ainsi va le monde. C'est seulement quand les parents commencent à *nous* vanter les mérites de leurs odieux moutards que nous nous mettons à crier : « Ah, non, assez ! Vite, de l'air ! Vous allez nous rendre malades ! »

Les enseignants souffrent beaucoup d'avoir à écouter ce genre de balivernes proférées par des parents gonflés d'orgueil mais, en général, ils se rattrapent dans l'établissement des notes en fin de trimestre. Si j'étais professeur, je concocterais des appréciations féroces pour les enfants de radoteurs aussi infatués. « Votre fils Maximilien, écrirais-je, est une nullité totale. J'espère que vous avez une entreprise familiale où vous pourrez le caser à la fin de ses études car il n'a aucune chance de trouver nulle part ailleurs le moindre emploi. » Ou bien, si je me sentais lyrique ce jour-là, je dirais : « Que les organes de l'ouïe des sauterelles se trouvent aux flancs de leur abdomen est une curiosité de la nature. A en juger par ce qu'elle a appris au cours du dernier trimestre, votre fille Vanessa ne possède pas trace des organes en question. »

Je pourrais même m'aventurer plus loin dans l'histoire naturelle et déclarer : « La cigale passe six ans à l'état de larve enterrée dans le sol et pas plus de six jours à l'air libre, au soleil. Votre fils Gaston a passé six ans à l'état de larve dans cet établissement et nous attendons toujours qu'il sorte de sa chrysalide. » Une petite fille spécialement odieuse pourrait m'inspirer ce commentaire :

« Fiona a la même beauté glaciale qu'un iceberg mais, contrairement à ce dernier, il n'y a strictement rien à trouver sous cette apparence. » Bref je crois que je me pourlécherais à rédiger des bulletins de fin de trimestre pour les jeunes pestes de ma classe. Mais en voilà assez. Poursuivons notre récit.

De loin en loin, il arrive qu'on rencontre des parents qui adoptent l'attitude opposée et ne manifestent pas le moindre intérêt pour leurs enfants. Ceux-là sont, à coup sûr, bien pires que les admirateurs béats. M. et Mme Verdebois appartenaient à cette espèce. Ils avaient un fils appelé Michael et une fille du nom de Matilda, et considéraient cette dernière à peu près comme une croûte sur une plaie. Une croûte, il faut s'y résigner jusqu'à ce qu'on puisse la détacher, s'en défaire et la bazarder. M. et Mme Verdebois attendaient avec impatience le moment où ils pourraient se défaire de leur petite fille et la bazarder, en l'expédiant de préférence dans le comté voisin ou même plus loin. Il est déjà assez triste que des parents traitent des enfants *ordinaires* comme s'ils étaient des croûtes ou des cors aux pieds, mais cette attitude est encore plus répréhensible si l'enfant en question est *extraordinaire,* j'entends par là aussi sensible que douée.

13

Matilda était l'un et l'autre mais, par-dessus tout, elle était douée. Elle avait l'esprit si vif et si délié et apprenait avec une telle facilité que même les parents les plus obtus auraient reconnu des dons aussi exceptionnels. Mais M. et Mme Verdebois étaient, eux, si bornés, si confinés dans leurs petites existences étriquées et stupides, qu'ils n'avaient rien remarqué de particulier chez leur fille. Pour tout dire, fût-elle rentrée à la maison en se traînant avec la jambe cassée qu'ils ne s'en seraient pas aperçus.

Le frère de Matilda, Michael, était un garçon tout à fait normal, mais devant sa sœur – je le répète – vous seriez resté comme deux ronds de flan. A l'âge d'*un an et demi,* elle parlait à la perfection et connaissait à peu près autant de mots que la plupart des adultes. Les parents, au lieu de la féliciter, la traitaient de moulin à paroles et la rabrouaient en lui disant que les petites filles sont faites pour être vues mais pas pour être entendues.

A *trois ans,* Matilda avait appris toute seule à lire en s'exerçant avec les journaux et les magazines qui traî-

naient·à la maison. A quatre ans, elle lisait couramment et, tout naturellement, se mit à rêver de livres. Le seul disponible dans ce foyer de haute culture, *La Cuisine pour tous*, appartenait à sa mère et, lorsqu'elle l'eut épluché de la première page à la dernière et appris toutes les recettes par cœur, elle décida de se lancer dans des lectures plus intéressantes.

– Papa, dit-elle, tu crois que tu pourrais m'acheter un livre ?

– Un *livre* ? dit-il. Qu'est-ce que tu veux faire d'un livre, pétard de sort !

– Le lire, papa.

– Et la télé, ça te suffit pas ? Vingt dieux ! on a une belle télé avec un écran de 56, et *toi* tu réclames des bouquins ! Tu as tout de l'enfant gâtée, ma fille.

Presque chaque après-midi, Matilda se trouvait seule à la maison. Son frère (de cinq ans son aîné) allait en classe. Son père était à son travail et sa mère partait jouer au loto dans une ville située à une dizaine de kilomètres de là. Mme Verdebois était une mordue du loto et y jouait cinq après-midi par semaine. Ce jour-là, comme son père avait refusé de lui acheter un livre, Matilda décida de se rendre toute seule à la bibliothèque du village. Quand elle arriva, elle se présenta à la bibliothécaire, Mme Folyot. Puis elle demanda si elle pouvait s'asseoir et lire un livre. Mme Folyot, déconcertée par l'apparition d'une si petite visiteuse non accompagnée, l'accueillit néanmoins avec bienveillance.

– Où sont les livres d'enfants, s'il vous plaît ? demanda Matilda.

– Là-bas, sur les rayons du dessous, lui dit Mme Folyot. Veux-tu que je t'aide à en trouver un joli avec beaucoup d'images ?

– Non, merci, dit Matilda, je me débrouillerai bien toute seule.

A dater de ce jour-là, chaque après-midi, aussitôt sa mère partie pour aller jouer au loto, Matilda trottinait jusqu'à la bibliothèque. Il n'y avait que dix minutes de trajet, ce qui lui permettait de passer deux heures merveilleuses assise tranquillement dans un coin à dévorer livre sur livre.

Lorsqu'elle eut lu tous les livres d'enfants disponibles, elle se mit à fureter dans la salle, en quête d'autres ouvrages. Mme Folyot, qui l'avait observée avec fascination durant plusieurs semaines, se leva de son bureau et alla la rejoindre.

– Je peux t'aider ? demanda-t-elle.

– Je me demande ce que je pourrais lire maintenant, dit Matilda. J'ai fini tous les livres d'enfants.

– Tu veux dire que tu as regardé toutes les images ?

– Oui, mais j'ai aussi lu tout ce qui était écrit.

Mme Folyot considéra Matilda de toute sa hauteur, et Matilda, le nez en l'air, soutint son regard.

– J'en ai trouvé quelques-uns bien mauvais, ajouta-t-elle ; mais d'autres étaient très jolis. Celui que j'ai préféré, c'est *Le Jardin secret*. Il est plein de mystère. Le mystère de la pièce derrière la porte fermée et le mystère du jardin derrière le grand mur.

Mme Folyot était stupéfaite.

– Dis-moi, Matilda, demanda-t-elle, quel âge as-tu au juste ?

– Quatre ans et trois mois, répondit Matilda.

La stupeur de Mme Folyot était à son comble mais elle eut la présence d'esprit de ne pas le montrer.

– Quel genre de livre aimerais-tu lire maintenant ? demanda-t-elle.

– Je voudrais un de ces livres vraiment bons que lisent les grandes personnes. Un livre célèbre. Je ne connais pas les titres.

Mme Folyot, sans hâte, se mit à examiner les rayons. Elle ne savait trop à quel saint se vouer. « Comment choisit-on un livre d'adulte célèbre pour une enfant de quatre ans ? » se demandait-elle. Elle songea tout d'abord à lui donner un roman de jeune fille à l'eau de rose, du genre destiné aux adolescentes puis, mue par on ne sait quelle raison, elle s'éloigna résolument de l'étagère devant laquelle elle s'était arrêtée.

– Tiens, si tu essayais de lire ça, dit-elle. C'est un livre très connu et très beau. S'il est trop long pour toi, dis-le-moi et je t'en trouverai un autre plus court et plus facile.

– *Les Grandes Espérances,* lut Matilda, de Charles Dickens. J'ai très envie de m'y mettre.

« Je dois être folle », songea Mme Folyot. Ce qui ne l'empêcha pas d'affirmer :

– Bien sûr, ça devrait te plaire.

Au cours des après-midi suivants, Mme Folyot eut peine à détacher ses regards de la petite fille assise des heures durant dans le grand fauteuil au bout de la pièce, avec le livre sur les genoux. Le volume était en effet trop lourd pour qu'elle pût le tenir dans ses mains, si bien qu'elle devait rester penchée en avant pour pouvoir lire. Et c'était un étrange spectacle que celui de cette minuscule créature aux cheveux noirs, assise avec ses pieds qui n'atteignaient pas le sol, totalement captivée par les aventures de Pip et de la vieille Miss Havisham dans sa maison pleine de toiles d'araignée, totalement envoûtée par la magie des mots assemblés par le prodigieux conteur qu'était Dickens. N'était, par intervalles, un bref geste de la main pour tourner les pages, la petite fille restait immobile. Et c'était toujours avec tristesse que Mme Folyot, l'heure venue, se levait pour aller annoncer à la lectrice :

– Il est cinq heures moins dix, Matilda.

Durant la première semaine des visites de Matilda, Mme Folyot lui avait demandé :

– Ta maman t'accompagne ici tous les jours et vient te rechercher ?

– Ma mère va à Aylesbury tous les après-midi pour jouer au loto, avait répondu Matilda. Elle ne sait pas que je viens ici.

– Mais voyons, Matilda, ce n'est pas bien. Tu devrais lui demander la permission.

– Il vaut mieux pas, avait dit Matilda. Elle ne m'encourage pas du tout à lire. Pas plus que mon père d'ailleurs.

– Mais qu'est-ce qu'ils pensent que tu fais dans une maison vide tous les après-midi ?

– Que je traînaille et que je regarde la télé, je suppose. Ce que je peux faire ne les intéresse pas du tout, avait ajouté un peu tristement Matilda.

Mme Folyot s'inquiétait des risques que pouvait courir l'enfant en suivant la grand-rue très animée du village, puis en la traversant, mais elle résolut de ne pas s'en mêler.

Au bout de huit jours, Matilda avait fini *Les Grandes Espérances*. Une édition qui ne comptait pas moins de quatre cent onze pages.

– J'ai adoré ça, dit-elle à Mme Folyot. M. Dickens a écrit d'autres livres ?

– Tout un tas, dit Mme Folyot, éberluée. Tu veux que je t'en choisisse un second ?

Au cours des six mois suivants, sous l'œil ému et attentif de Mme Folyot, Matilda lut les livres suivants :

Nicholas Nickleby, de Charles Dickens
Olivier Twist, de Charles Dickens
Jane Eyre, de Charlotte Brontë
Orgueil et préjugé, de Jane Austen
Tess d'Urberville, de Thomas Hardy
Kim, de Rudyard Kipling
L'Homme invisible, de H. G. Wells
Le Vieil Homme et la Mer, d'Ernest Hemingway
Le Bruit et la Fureur, de William Faulkner
Les Raisins de la colère, de John Steinbeck
Les Bons Compagnons, de J. B. Priestley
Le Rocher de Brighton, de Graham Greene
La Ferme des animaux, de George Orwell.

C'était une liste impressionnante et Mme Folyot était maintenant au comble de l'émerveillement et de l'excitation, mais sans doute fit-elle bien de ne pas donner libre cours à ses émotions. Tout autre témoin des prouesses littéraires d'une si petite fille se serait sans doute empressé d'en faire toute une histoire et de clamer la nouvelle sur les toits, mais telle n'était pas Mme Folyot. Mme Folyot savait rester discrète et avait depuis longtemps découvert qu'il était rarement bon d'intervenir dans la vie des enfants des autres.

– M. Hemingway dit des tas de choses que je ne comprends pas, lui expliqua Matilda. Surtout sur les hommes et les femmes. Mais j'ai beaucoup aimé son livre quand même. Avec sa façon de raconter les choses, j'ai l'impression d'être là, sur place, et de les voir arriver.

– Un bon écrivain te fera toujours cet effet, dit Mme Folyot. Et ne t'inquiète donc pas de ce qui t'échappe. Lis tranquillement et laisse les mots te bercer comme une musique.

– D'accord, d'accord.

– Sais-tu, reprit Mme Folyot, que dans les bibliothèques publiques comme celle-ci il est possible d'emprunter des livres et de les emporter chez soi ?

– Mais non, je ne savais pas, dit Matilda. Cela veut dire que je peux en emporter, *moi ?*

– Bien sûr, dit Mme Folyot. Quand tu as choisi le livre que tu désires, tu me l'apportes que je puisse le noter dans le cahier et il est à toi pour quinze jours. Tu peux même en prendre plus d'un si tu en as envie.

A dater de ce jour-là, Matilda ne se rendit plus à la bibliothèque qu'une fois par semaine pour y prendre des nouveaux livres et rendre ceux qu'elle avait lus. Sa petite chambre était devenue sa salle de lecture et elle y passait le plus clair de ses après-midi à lire avec, bien souvent, une tasse de chocolat chaud à côté d'elle. Elle n'était pas encore assez grande pour atteindre les choses dans la cuisine, mais elle tenait cachée, dans la cour, une caisse légère sur laquelle elle se juchait pour attraper les ingrédients dont elle avait besoin. La plupart du temps, elle préparait du chocolat, réchauffant le lait dans une casserole sur le fourneau avant d'y jeter le cacao. Il n'y avait rien de plus agréable que de boire un chocolat à petites gorgées en lisant.

Les livres la transportaient dans des univers inconnus et lui faisaient rencontrer des personnages hors du commun qui menaient des vies exaltantes. Ainsi navigua-t-elle sur d'antiques voiliers avec Joseph Conrad, explora-t-elle l'Afrique avec Ernest Hemingway et l'Inde avec Rudyard Kipling. Ainsi assise au pied de son lit, dans sa petite chambre d'un village anglais, visita-t-elle de long en large et de haut en bas le vaste monde.

M. Verdebois,
le grand marchand
de voitures

Les parents de Matilda possédaient une jolie maison avec, au rez-de-chaussée, une salle à manger, un salon et une cuisine, et trois chambres à l'étage. Son père était marchand de voitures d'occasion et semblait relativement prospère.

— La sciure de bois, disait-il avec fierté, voilà l'un des grands secrets de ma réussite. Et elle ne me coûte rien, la sciure de bois. Je l'ai gratis à la scierie.

— Mais à quoi elle te sert ? lui demandait Matilda.

— Ha, répondait mystérieusement le père, tu voudrais bien le savoir...

— Je ne vois pas comment la sciure de bois peut t'aider à vendre des voitures d'occasion, papa.

— C'est parce que tu es une ignorante petite bêtasse !

Son discours n'était jamais très raffiné, mais Matilda y était habituée. Elle savait aussi qu'il aimait se vanter et elle ne se faisait pas faute d'encourager, sans vergogne, ce travers.

— Tu dois être drôlement malin pour trouver un moyen d'utiliser quelque chose qui ne coûte rien... Si seulement je pouvais en faire autant.

– Tu ne pourrais pas, répliqua le père. Tu es trop bête. Mais je ne demande qu'à tout expliquer au jeune Mike ici présent qui deviendra un jour mon associé.

Dédaignant Matilda, il se tourna vers son fils et continua :

– Je suis toujours content d'acheter une voiture à un imbécile qui a tellement bousillé les vitesses que les pignons grincent comme des roues de charrette. Je n'ai plus qu'à mélanger une bonne dose de sciure à l'huile dans la boîte, et tout se remet à tourner rond.

– Et ça marche comme ça combien de temps avant de recommencer à craquer ? demanda Matilda.

– Assez longtemps pour que l'acheteur soit déjà loin, répondit le père en ricanant. Dans les cent cinquante kilomètres.

– Mais ce n'est pas honnête, papa, dit Matilda ; c'est de la triche.

– Personne ne s'enrichit en étant honnête, rétorqua le père. Les clients sont là pour être arnaqués.

M. Verdebois était un petit homme à face de rat dont les dents de devant saillaient sous une moustache mitée. Il avait un faible pour les vestons à carreaux aux couleurs criardes qu'il agrémentait de cravates généralement jaunes ou vert pâle.

– Maintenant, prends le kilométrage, par exemple, poursuivit-il. Celui qui achète une voiture d'occasion veut d'abord savoir combien elle a fait de kilomètres. D'accord ?

– D'accord, dit son fils.

– Donc, j'achète une vieille bagnole avec plus de deux cent mille bornes au compteur. Je l'ai pour une bouchée de pain. Personne ne va acheter une épave pareille, pas vrai ? De nos jours, on ne peut plus trafiquer les chiffres sur le compteur comme on le faisait il y a dix ans. Avec les trucs qu'ils ont mis au point, il faudrait être au moins horloger pour s'y frotter. Alors, qu'est-ce que je fais, moi ? Je me sers de ma cervelle, mon petit gars, voilà ce que je fais.

– Comment ? demanda le jeune Michael, subjugué.

Il paraissait avoir hérité de son père le goût de la filouterie.

– Eh ben, je m'assieds et je me dis : Voyons... comment est-ce que je peux faire passer un compteur de deux cent mille à vingt mille kilomètres sans mettre l'appareil en pièces détachées ? D'accord : si je faisais de la marche arrière assez longtemps, je finirais par y arriver car les chiffres défileraient à reculons... Tu comprends ça ? Mais qui va conduire une vieille chignole en marche arrière pendant des milliers de kilomètres ? Personne.

– Oh non, personne, c'est sûr, appuya le jeune Michael.

– Alors, je me gratte le crâne, reprit le père, je fais fonctionner mes méninges : quand on a reçu un cerveau bien organisé comme le mien, on s'en sert. Et d'un seul coup, paf ! Je trouve la solution ! Exactement comme ce type génial qui a découvert la pénicilline. Eurêka ! j'ai crié. J'ai mis le doigt dessus !

– Alors, qu'est-ce que tu as fait, papa ? lui demanda son fils.

– Le compteur, répondit M. Verdebois, est actionné par un câble branché sur une des roues avant. Donc, d'abord, je débranche ce câble. Ensuite, je prends une perceuse électrique et je branche dessus le bout du câble de façon que, quand l'appareil marche, le câble tourne à l'envers. Tu saisis, oui ? Tu me suis, fiston ?

– Oui, papa, dit Michael.

– Ces perceuses ont une vitesse de rotation formidable, enchaîna le père, si bien que dès que la machine se met à tourner, les chiffres sur le cadran tournent au même régime. En un rien de temps, avec le moteur au maximum, je peux retrancher pas loin de cent mille kilomètres. Et je me retrouve avec un kilométrage inférieur à vingt mille, et une bagnole parée pour la vente. « Elle est quasi neuve, je dis à mon client. Rendez-vous compte. Faut dire qu'elle appartenait à une vieille dame qui ne roulait qu'une fois par semaine pour aller faire ses courses. »

– On peut vraiment faire tourner le compteur en arrière avec une perceuse ? s'enquit Michael.

– Ce sont les ficelles du métier que je t'apprends, dit le père. Surtout, garde ça pour toi. Tu voudrais pas que je me retrouve en taule, hein ?

– Je dirai rien à personne, dit le jeune garçon. Tu as fait ça à beaucoup de voitures, papa ?

– Toutes celles qui me passent par les mains y ont droit, dit le père. Je ramène tous les compteurs en dessous de vingt mille kilomètres avant de les mettre en vente. Et j'ai trouvé cette combine tout seul, hein, ajouta-t-il avec fierté. Je me suis ramassé un joli magot comme ça.

Matilda, qui avait écouté avec attention, intervint :

– Mais, papa, c'est encore plus malhonnête que la sciure. C'est dégoûtant. Tu trompes des gens qui te font confiance.

– Si ça ne te plaît pas, ne mange pas ce qu'on te sert ici. C'est sur mes bénéfices que tu te nourris.

– C'est du vol, insista Matilda. Ça me fait honte.

Deux taches rouges apparurent aux pommettes du père.

– Non mais, pour qui tu te prends avec tes sermons ! hurla-t-il. L'archevêque de Canterbury ou quoi ? Tu n'es qu'une petite cruche ignorante qui parle à tort et à travers.

— Très juste, Henri, approuva la mère et, tournée vers Matilda, elle ajouta : Tu en as, du toupet, de prendre ce ton avec ton père. Et, maintenant, tu vas fermer ton clapet qu'on puisse regarder notre émission tranquilles.

Installés dans le salon, ils dînaient avec leurs assiettes sur les genoux, devant la télévision. Ils mangeaient des repas tout préparés dans des barquettes d'aluminium comportant des cases pour la viande bouillie, les pommes vapeur et les pois cassés. Mme Verdebois mastiquait consciencieusement, les yeux rivés sur l'émission de variétés saucissonnée de publi-

cités. C'était une bonne femme mafflue, aux cheveux teints en blond platine à l'exception des racines qui ressortaient en un indéfinissable brun jaunâtre. Lourdement maquillée, elle présentait une de ces silhouettes adipeuses aux formes débordantes, à l'évidence comprimées de partout pour enrayer un effondrement général.

— Maman, dit Matilda, ça ne te ferait rien que j'aille dîner dans la salle à manger pour pouvoir lire mon livre ?

Le père lui lança un coup d'œil torve.

— Moi, ça me fait ! aboya-t-il. Le dîner, c'est une réunion de famille et personne ne sort de table avant qu'on ait fini !

– Mais nous ne sommes pas à table, remarqua Matilda. Nous n'y sommes même jamais. Nous mangeons toujours sur nos genoux en regardant la télé.

– Qu'est-ce qu'il y a de mal à regarder la télé, je te demande un peu ? dit le père.

Sa voix, de mauvaise, s'était soudain faite doucereuse.

Matilda, se méfiant de ce qu'elle pourrait répondre, resta silencieuse. Elle sentait monter en elle la colère. Ce n'était pas bien de détester ainsi ses parents, elle le savait, mais c'était vraiment bien difficile de se contenir. Toutes ses lectures avaient développé en elle une conception de la vie qui leur échappait. Si seulement ils avaient un peu lu Dickens ou Kipling, ils auraient sans doute bientôt découvert que l'existence ne se bornait pas à escroquer ses semblables et à regarder la télévision. Sans compter que Matilda en avait assez d'être constamment traitée d'idiote et d'ignorante alors qu'elle savait très bien que ce n'était pas vrai. Ce soir-là, envahie d'une fureur croissante alors qu'elle était couchée dans son lit, elle finit par prendre une résolution : chaque fois qu'elle se ferait rabrouer par sa mère ou son père, décida-t-elle, elle se débrouillerait pour prendre sa revanche d'une façon ou d'une autre. Une modeste victoire, ou deux, de temps en temps l'aiderait à supporter leurs inepties et l'empêcherait de devenir folle. Il faut bien se rappeler qu'elle n'avait pas cinq ans et qu'il n'est pas facile, pour un petit être aussi jeune, de marquer des points contre des adultes tout-puissants. Elle n'en était pas moins déterminée pour autant et, après ce qui s'était passé ce soir-là devant la télévision, son père serait le premier sur sa liste.

Le chapeau
et la superglu

Le lendemain matin, juste avant le départ de son père pour son infâme garage de voitures d'occasion, Matilda se faufila dans le vestibule et s'empara du chapeau dont M. Verdebois se coiffait tous les jours. Elle dut se hausser sur la pointe des pieds et tendre à bout de bras une canne pour décrocher, de justesse, le couvre-chef de sa patère. Il s'agissait d'un chapeau de tweed plat, avec une plume de geai fichée dans le ruban, et dont son père était très fier. Il lui donnait, pensait-il, une allure dégagée et sportive, surtout quand il le portait incliné sur l'oreille avec son veston à carreaux et sa cravate verte.

Matilda, tenant d'une main le chapeau et de l'autre un tube de superglu, entreprit de déposer un mince filet de liquide adhésif le long de la bordure intérieure. Puis, s'aidant de la canne, elle remit le chapeau en place. Elle avait minuté avec soin l'opération, appliquant la colle juste au moment où son père allait quitter la table du petit déjeuner.

M. Verdebois, en mettant son chapeau, ne s'aperçut de rien mais, une fois arrivé au garage, il constata qu'il lui était impossible de l'ôter. Cette superglu était si puissante que, s'il avait tiré trop fort sur son chapeau,

c'en était fait d'une bonne partie de ses cheveux. M. Verdebois n'ayant aucune envie d'être scalpé dut donc garder son chapeau sur sa tête toute la journée, même en remplissant les boîtes de vitesses de sciure et en trafiquant les compteurs kilométriques avec sa perceuse. S'efforçant de sauver la face, il adopta une attitude désinvolte dans l'espoir que son personnel penserait qu'il restait volontairement couvert, par pure fantaisie, comme le font les gangsters dans les films.

Lorsqu'il rentra à la maison ce soir-là, son chapeau tenait toujours aussi bien sur sa tête.

– Voyons, ne sois pas ridicule, lui dit sa femme. Viens ici, je vais te l'enlever.

Elle saisit les bords du chapeau et leur imprima une brusque saccade. M. Verdebois poussa un glapissement qui fit trembler les vitres.

– Aïïïïïe ! hurla-t-il. Arrête ! Ne fais pas ça. Tu vas m'arracher la peau du front !

Matilda, du fond de son fauteuil, suivait avec intérêt la scène des yeux par-dessus le bord de son livre.

– Qu'est-ce qui t'arrive, papa ? demanda-t-elle. Ta tête a tout d'un coup enflé ou quoi ?

Le père foudroya sa fille d'un regard chargé de soupçons mais ne répondit rien. Qu'aurait-il pu lui dire ?

– Ça doit être de la superglu, assura Mme Verdebois. Qu'est-ce que tu veux que ce soit d'autre ? Ça t'apprendra à tripoter une saleté pareille. Tu devais sans doute essayer de coller une autre plume à ton chapeau.

– Je n'y ai même pas touché à cette fichue colle ! s'exclama M. Verdebois.

Il se détourna et dévisagea de nouveau Matilda dont les grands yeux marron soutinrent son regard avec innocence.

– Tu devrais lire l'étiquette sur le tube avant de manipuler des produits dangereux comme ça, lui dit Mme Verdebois. Il faut toujours veiller à suivre le mode d'emploi.

– Mais, nom d'un chien, qu'est-ce que tu me chantes, espèce de vieille sorcière ? hurla M. Verdebois en agrippant des deux mains les bords de son chapeau pour empêcher quiconque de se remettre à tirer dessus. Tu te figures que je suis assez bête pour me coller exprès ce galurin sur la tête ?

– Au bout de la rue, fit observer Matilda, il y a un garçon qui s'est mis de la superglu sur le doigt sans s'en apercevoir et, après ça, il s'est mis le doigt dans le nez.

M. Verdebois sursauta.

– Et qu'est-ce qui lui est arrivé ? bredouilla-t-il.

– Son doigt lui est resté collé dans le nez, dit Matilda, et il a dû rester comme ça pendant une semaine. Tout le monde lui disait : « Ne te mets donc pas le doigt dans le nez », mais il n'y pouvait rien. Ah, il n'avait pas l'air malin.

– Bien fait pour lui, dit Mme Verdebois. Il n'avait qu'à pas se fourrer le doigt dans le nez pour commencer. C'est une vilaine habitude. Si on mettait de la superglu sur les doigts de tous les enfants, ils arrêteraient vite de se curer le nez.

– Les grandes personnes le font aussi, maman, dit Matilda. Je t'ai vue le faire hier, dans la cuisine.

– Toi, tu vas te taire, riposta Mme Verdebois dont le visage s'était empourpré.

M. Verdebois dut garder son chapeau pendant tout le dîner devant la télévision. Il était grotesque à voir et s'abstint de toute réflexion.

Quand il se leva pour aller se coucher, il fit un nouvel essai pour se débarrasser du chapeau ; sa femme se mit de la partie, mais sans résultat.

– Comment est-ce que je vais prendre ma douche ? maugréa-t-il.

– Tu t'en passeras, voilà tout, lui dit sa femme.

Et, plus tard, comme elle regardait son petit gringalet de mari qui errait dans la chambre en pyjama rayé violet, avec son chapeau de tweed sur la tête, elle songea qu'il avait vraiment l'air minable. « Pour faire rêver les femmes, se dit-elle, on pourrait trouver mieux. »

M. Verdebois découvrit alors que le pire, lorsqu'on avait un chapeau vissé sur le crâne, c'était l'obligation

de dormir avec. Pas moyen de poser confortablement sa tête sur l'oreiller.

— Mais arrête donc de te tortiller comme ça, glapit sa femme après qu'il se fut agité sans arrêt sous les couvertures pendant plus d'une heure. Demain matin il va se décoller tout seul ton chapeau ; et tu n'auras plus qu'à l'ôter.

Mais, le lendemain, le chapeau tenait toujours aussi bien sur la tête de son mari. Mme Verdebois s'arma alors d'une paire de ciseaux et découpa circulairement le couvre-chef à petits coups, d'abord la coiffe, ensuite les bords. Là où la bande intérieure adhérait solidement aux cheveux, elle dut couper les mèches au ras du crâne, si bien que M. Verdebois se retrouva finalement avec une sorte d'anneau blanchâtre autour de la tête, un peu comme un moine. Et sur le front, là où la bande collait à la peau nue, subsista tout un semis de petits lambeaux de cuir brunâtre qu'aucun savonnage ne réussit à détacher.

Au petit déjeuner, Matilda dit à son père :

– Il faut absolument que tu fasses partir ces saletés de ton front, papa, on dirait que tu es couvert de petits insectes qui te rampent dessus. Les gens vont croire que tu as des poux.

– Assez ! aboya le père. Tu vas fermer ton sale petit clapet, tu m'entends !

« Tout bien considéré, songea Matilda, l'expérience est plutôt réussie. » Mais il ne fallait pas trop espérer que son père retiendrait longtemps la leçon qu'il avait reçue.

Le fantôme

Après l'épisode de la superglu, un calme relatif régna dans la maison des Verdebois pendant une semaine. M. Verdebois avait été, sans nul doute, douché par l'affaire du chapeau et semblait avoir perdu l'envie de se vanter et de rudoyer les autres. Mais, soudain, il se déchaîna de nouveau. Peut-être la journée avait-elle été mauvaise au garage et n'avait-il pas assez vendu de vieilles voitures déglinguées. Bien des sujets d'irritation peuvent assaillir un homme qui rentre le soir de son travail, et une épouse avisée sait reconnaître les signes avant-coureurs de la tempête et laisser son mari en paix jusqu'à ce que son humeur s'apaise.

Lorsque M. Verdebois rentra du garage ce soir-là, son visage était aussi sombre qu'un ciel d'orage et, de toute évidence, quelqu'un allait bientôt sentir passer la bourrasque. Mme Verdebois flaira tout de suite le danger et s'arrangea pour disparaître. Il pénétra alors au pas de charge dans le salon. Matilda, pelotonnée au fond d'un fauteuil, était plongée dans sa lecture. M. Verdebois appuya sur le bouton de la télévision. L'écran s'alluma. Les haut-parleurs se mirent à brailler. M. Verdebois fixa sur Matilda un œil torve. Elle n'avait pas bougé. Depuis longtemps, elle s'était entraînée à fermer les oreilles au vacarme de l'infernal appareil. Elle continua donc à lire, ce qui exaspéra son père. Peut-être était-il d'autant plus furieux qu'il voyait sa fille tirer plaisir d'une activité pour lui inaccessible.

– T'arrêteras donc *jamais* de lire ? lui lança-t-il.

– Oh, bonjour, papa, fit-elle d'un ton sucré. Tout s'est bien passé, aujourd'hui ?

– Qu'est-ce que c'est que cette idiotie ? dit-il en lui arrachant le livre des mains.

— Ce n'est pas une idiotie, papa. Ça s'appelle *Le Poney rouge*. C'est de John Steinbeck, un écrivain américain... Si tu essayais de le lire ? Ça te plairait beaucoup.

— Une saleté, oui ! s'écria M. Verdebois. Si c'est d'un Américain, c'est sûrement une saleté. De la saleté, oui ! C'est tout ce qu'ils savent écrire, les Américains !

— Mais non, papa, c'est très beau, je t'assure, ça raconte...

— Ce que ça raconte, je veux pas le savoir, aboya M. Verdebois. De toute façon, j'en ai plein le dos, de tes bouquins. Trouve-toi donc quelque chose d'utile à faire, pour changer.

Et, avec une violence alarmante, il se mit à arracher par poignées les pages du livre pour les jeter dans la corbeille à papier.

Matilda resta figée d'horreur. Son père continuait de plus belle à mettre le livre en pièces. Sans doute éprouvait-il une sorte de jalousie. Comment ose-t-elle, semblait-il dire à chaque page arrachée, comment ose-t-elle se complaire à lire des livres alors que j'en suis incapable ?

– C'est un livre de la bibliothèque ! cria Matilda. Il n'est pas à moi ! Je dois le rendre à Mme Folyot !

– Eh ben, tu lui en rachèteras un autre, voilà tout, dit le père, continuant à déchiqueter le livre. Tu économiseras sur ton argent de poche jusqu'à ce que tu aies assez dans ta tirelire pour en acheter un autre, à ta chère Mme Folyot.

Sur quoi, il jeta la couverture, maintenant vide du volume, dans la corbeille et sortit à grands pas de la pièce, laissant tonitruer la télévision.

A la place de Matilda, la plupart des enfants auraient fondu en larmes. Mais pas elle. Immobile, très pâle, elle resta assise à réfléchir. Elle semblait fort bien savoir que larmes ou rancœur ne la mèneraient nulle part. La seule réaction sensée lorsqu'on était attaqué, c'était – comme disait Napoléon – de contre-attaquer. Déjà, l'esprit subtil de Matilda élaborait un autre châtiment adéquat à l'intention du calamiteux auteur de ses jours. A la base du plan qu'elle était en train de mijoter, se posait une question : le perroquet de Fred parlait-il aussi bien que le prétendait son petit maître ?

Fred était un ami de Matilda. C'était un petit gar-çon de six ans qui habitait au coin de la rue et, depuis des jours et des jours, il ne cessait pas de vanter les dons qu'avait pour la parole le perroquet dont son père lui avait fait cadeau.

Donc, l'après-midi suivant, sitôt Mme Verdebois partie dans sa voiture pour aller jouer au loto, Matilda alla rendre visite à Fred. Après avoir frappé à sa porte, elle lui demanda s'il serait assez gentil pour lui montrer le fameux oiseau. Fred, ravi, la fit monter dans sa chambre où, dans une grande cage, trônait un superbe ara bleu et jaune.

— Le voilà, dit Fred. Il s'appelle Fred.

— Fais-le parler, dit Matilda.

– On ne peut pas le *faire* parler, dit Fred. Un peu de patience. Il parle quand il en a envie.

Matilda se résigna à attendre.

Soudain, le perroquet cria :

– Salut, salut, salut !

On aurait juré une voix humaine.

– Fantastique ! dit Matilda. Qu'est-ce qu'il sait dire d'autre ?

– Numérotez vos abattis ! dit le perroquet avec d'étonnantes intonations caverneuses.

– Il dit toujours ça, remarqua Fred.

– Et quoi d'autre encore ? demanda Matilda.

– C'est à peu près tout, répondit Fred, mais c'est déjà pas mal, non ?

– C'est fabuleux ! dit Matilda. Tu veux bien me le prêter juste pour un soir ?

– Ah non ! dit Fred. Sûrement pas !

– Je te donnerai tout mon argent de poche de la semaine prochaine.

Cela changeait tout. Fred réfléchit quelques secondes.

– D'accord, déclara-t-il, si tu me promets de me le rendre demain.

Matilda regagna sa maison vide d'un pas rendu légèrement vacillant par le poids de la grande cage qu'elle tenait à deux mains. Dans la salle à manger, il y avait une vaste cheminée et Matilda entreprit d'y cacher, la cage et son oiseau. Non sans peine, elle finit par l'y coincer suffisamment haut.

– Salut, salut, salut ! lui lança le perroquet. Salut, salut !

– Tais-toi donc, bécasson ! riposta Matilda, et elle alla laver ses mains pleines de suie.

Ce soir-là, tandis que la mère, le père, le frère et Matilda dînaient comme d'habitude au salon devant la télévision, une voix forte et claire retentit dans le vestibule, venant de la salle à manger :

– Salut, salut, salut !

– Henri ! s'écria la mère devenant toute blanche. Il y a quelqu'un dans la maison ! J'ai entendu une voix !

– Moi aussi ! dit le frère.

Matilda se leva d'un bond et alla éteindre la télé.

– Cchhhut ! fit-elle. Écoutez !

Ils cessèrent tous de manger et, sur le qui-vive, tendirent l'oreille.

– Salut, salut, salut ! reprit la voix.

– Ça recommence ! cria le frère.

– Des voleurs ! fit la mère d'une voix étranglée. Ils sont dans la salle à manger !

– Oui, je crois, dit le père, assis très raide sur sa chaise.

– Eh ben, va les attraper, Henri, reprit la mère. Vas-y donc, tu les prendras sur le fait !

Le père ne bougea pas. Il ne semblait nullement pressé d'aller jouer les héros. Son visage vira au grisâtre.

– Alors, tu te décides ! insista la mère. Ils doivent être en train de faucher l'argenterie !

M. Verdebois s'essuya nerveusement les lèvres avec sa serviette.

– Si on allait tous voir ensemble ? proposa-t-il enfin.

– C'est ça, allons-y ! dit le frère. Tu viens, m'man ?

– Pas de doute, ils sont dans la salle à manger, chuchota Matilda. J'en suis certaine.

La mère s'empara d'un tisonnier dans le foyer de la cheminée. Le père s'arma d'un club de golf posé dans un coin. Le frère saisit, sur une table, une lampe qu'il prit soin de débrancher. Matilda prit le couteau avec lequel elle mangeait, et tous quatre se dirigèrent sur la pointe des pieds vers la porte de la salle à manger, le père se tenant à distance respectueuse du reste de la famille.

– Salut, salut, salut ! lança de nouveau la voix.

– Allez ! s'écria Matilda, et elle fit irruption dans la pièce, son couteau brandi à bout de bras.

– Haut les mains ! enchaîna-t-elle, vous êtes pris !

Les autres la suivirent, agitant leurs armes diverses. Puis ils s'arrêtèrent, regardèrent autour d'eux. Personne.

— Il n'y a pas de voleur ici, déclara le père avec un vif soulagement.

— Je l'ai entendu, Henri ! glapit la mère d'une voix toujours aussi chevrotante. J'ai bien entendu sa voix. Et toi aussi !

— Je suis sûre de l'avoir entendu ! appuya Matilda. Il est ici, quelque part.

Elle se mit à chercher derrière le canapé, derrière les rideaux. C'est alors que la voix s'éleva de nouveau, voilée et rauque cette fois :

— Numérotez vos abattis ! dit-elle. Numérotez vos abattis !

Ils sursautèrent tous, y compris Matilda qui jouait fort bien la comédie. Ils inspectèrent toute la pièce. Il n'y avait toujours personne.

– C'est un fantôme, dit Matilda.

– Ah, mon Dieu ! s'exclama la mère en se jetant au cou de son mari.

– Je sais que c'est un fantôme, insista Matilda. Je l'ai déjà entendu ici. La salle à manger est hantée ! Je croyais que vous le saviez.

– Au secours ! hurla la mère, étranglant à demi son époux.

– Moi, je sors d'ici, bafouilla le père, plus gris que jamais.

Tous prirent la poudre d'escampette en claquant la porte derrière eux.

Le lendemain après-midi, Matilda s'arrangea pour extirper de la cheminée un perroquet plutôt grincheux et saupoudré de suie et pour le sortir de la maison sans être vue. Elle le fit passer par la porte de derrière et trotta avec la cage jusque chez Fred.

– Alors, il s'est bien conduit ? lui demanda Fred.

– On s'est beaucoup amusés avec lui, assura Matilda. Mes parents l'ont adoré.

Un peu
d'arithmétique

Matilda aurait sincèrement voulu que ses parents fussent bons, affectueux, compréhensifs, honnêtes et intelligents. Qu'ils ne possèdent aucune de ces qualités, il fallait bien qu'elle s'y résigne, mais ce n'était pas de gaieté de cœur. Cependant, le nouveau jeu qu'elle avait inventé pour les punir l'un et (ou) l'autre chaque fois qu'ils lui faisaient des crasses contribuait à lui rendre l'existence un peu plus supportable.

Étant très petite et très jeune, le seul pouvoir que Matilda pût exercer contre eux était celui de l'intelligence. Du seul point de vue de l'ingéniosité et de la vivacité d'esprit, elle les dépassait sans peine de cent coudées. Mais il n'en demeurait pas moins que comme toutes les petites filles de cinq ans, dans n'importe quelle famille, elle était toujours obligée de faire ce qu'on lui disait, si saugrenus que pussent être les ordres qu'elle recevait. Ainsi était-elle toujours contrainte de manger son dîner sur un plateau devant la télévision détestée. Et elle devait toujours rester seule l'après-midi pendant les jours de semaine ; et, chaque fois qu'on lui intimait l'ordre de se taire, elle n'avait pas d'autre choix que d'obéir.

Ce qui lui avait, jusque-là, permis de garder son

sang-froid, c'était le plaisir d'imaginer et d'appliquer à ses ennemis les ingénieuses sanctions de son cru, d'autant qu'elles semblaient efficaces, au moins pour de courtes périodes. Le père en particulier devenait moins bravache et moins odieux durant plusieurs jours lorsqu'il avait reçu sa dose des remèdes magiques de Matilda.

L'incident du perroquet dans la cheminée avait sérieusement douché ses parents et, pendant une bonne semaine, ils montrèrent un minimum d'égards envers leur petite fille. Mais, hélas, cette accalmie ne pouvait durer : l'accrochage suivant se produisit un soir, dans le salon. M. Verdebois venait de rentrer du travail ; Matilda et son frère étaient tranquillement assis sur le canapé, attendant que leur mère apportât les plateaux du dîner. La télévision n'avait pas encore été mise en marche.

Là-dessus, M. Verdebois fit son entrée en costume criard à carreaux, avec une cravate jaune. Les motifs orange et verts de la veste et du pantalon étaient à hurler. Il avait tout d'un bookmaker de bas étage endimanché pour le mariage de sa fille et, ce soir-là, il paraissait visiblement content de lui. Il se laissa tomber dans un fauteuil, se frotta les mains et, d'une voix forte, s'adressa à son fils :

– Eh bien, mon garçon, dit-il, ton père n'a pas perdu sa journée. Il est nettement plus riche ce soir que ce matin. Rends-toi compte. Il a vendu cinq voitures et chacune avec un joli bénéfice. Sciure de bois dans la boîte, perceuse dans la gaine du compteur, un coup de peinture ici et là, plus deux ou trois autres petits trucs et les idiots se sont bousculés pour acheter.

Il tira de sa poche un bout de papier froissé et l'examina :

– Écoute, mon petit, dit-il, tourné vers son fils et dédaignant ostensiblement Matilda, étant donné qu'un jour je vais faire de toi mon associé, il faut que tu sois capable de calculer les bénéfices quotidiens réalisés par l'affaire. Va donc chercher un cahier et un crayon et voyons comment tu te débrouilles.

Docilement, le fils sortit de la pièce et revint avec ce qu'il fallait pour écrire.

– Note les chiffres que je vais te donner, dit le père tout en consultant sa feuille de papier. La première voiture, je l'ai payée 278 livres et je l'ai revendue 1 425. Tu y es ?

Le gamin de dix ans inscrivit avec une lenteur appliquée les deux nombres.

– La deuxième voiture, poursuivit le père, m'a coûté 118 livres et je l'ai revendue 760. C'est noté ?

– Oui, papa, dit le fils, c'est noté.

– Pour la troisième voiture, j'ai déboursé 111 livres et j'en ai tiré 999,50 livres.

– Tu peux répéter, dit le fils, combien tu l'as vendue ?

– 999,50 livres, redit le père. Et ce chiffre-là, au fait, c'est un de mes petits trucs pour embobiner le client. Ne jamais demander 1 000 livres – toujours dire 999,50 livres. Ça paraît beaucoup moins sans l'être. Astucieux, non ?

– Très, dit le fils. Tu es fortiche, papa.

– La voiture n° 4 m'a coûté 86 livres – c'était une véritable épave – et je l'ai revendue 699,50 livres.

– Pas trop vite, dit le fils en notant les nombres indiqués. Ça y est. J'y suis.

– La cinquième voiture m'a coûté 637 livres et je l'ai revendue 1 649,50 livres. Tu as bien tout noté ?

– Oui, papa, répondit le gamin, en finissant d'écrire, laborieusement penché sur son cahier.

– Très bien, dit le père. Maintenant, calcule le bénéfice que j'ai fait sur chacune des cinq voitures et additionne le total. Ensuite, tu pourras me dire combien a empoché aujourd'hui cet être de génie qu'est ton père.

– Ça fait beaucoup de sous, dit le gamin.

— Naturellement, ça fait beaucoup de sous, dit le père. Mais quand on traite de grosses affaires, comme moi, il faut être un champion de l'arithmétique. Moi, tu comprends, j'ai quasiment un ordinateur dans le crâne. Il m'a fallu moins de dix minutes pour faire l'opération.

— Tu veux dire que tu l'as faite de tête, papa ? s'étonna le gamin, les yeux comme des soucoupes.

— Euh... pas exactement, répondit le père. Personne ne pourrait faire ça. Mais ça ne m'a pas pris long-temps. Quand tu auras fini, tu me diras quel bénéfice j'ai fait aujourd'hui. J'ai le total inscrit ici et je te dirai si tu tombes juste.

— Papa, dit Matilda d'un ton calme, tu as gagné exactement 4 303 livres et 50 pence.

— La paix ! dit le père. Ton frère et moi, on s'occupe de haute finance.

— Mais, papa...

— Tais-toi ! aboya le père. Cesse de jouer aux devi-nettes et tâche de réfléchir un peu.

– Voilà ta réponse, papa, insista Matilda avec douceur. Si tu ne t'es pas trompé, ça doit faire 4 303 livres et 50 pence. C'est ça le chiffre que tu as trouvé ?

Le père jeta un coup d'œil au papier dans sa main. Puis il sembla devenir soudain tout raide. Il y eut un silence.

– Répète-moi ça, dit-il au bout d'un moment.

– 4 303 livres et 50 pence, répéta Matilda.

Il y eut un autre silence. Le visage du père de Matilda virait au rouge sombre.

– Je suis sûre que c'est ça, ajouta Matilda.

– Espèce de... de petite tricheuse ! hurla brusquement le père, l'index pointé sur sa fille. Tu as regardé mon papier ! Tu as lu en douce ce que j'avais noté !

– Papa, je suis de l'autre côté de la pièce, dit Matilda. Comment veux-tu que j'aie pu voir ?

– Ne te paye pas ma tête, hein ? cria le père. Bien sûr que tu as regardé. Tu as forcément copié. Personne au monde ne pourrait donner une réponse comme ça, surtout une fille ! Vous êtes une petite truqueuse, mademoiselle, voilà ce que vous êtes, une truqueuse et une menteuse !

A ce moment, la mère fit son apparition portant un grand plateau avec les quatre dîners – cette fois c'étaient des saucisses frites que Mme Verdebois avait achetées à la boutique de saucisses frites en rentrant de sa partie. Ses après-midi de loto l'épuisaient tant, semblait-il, physiquement et moralement, qu'elle n'avait jamais l'énergie de préparer un vrai repas du soir. Et ils n'échappaient à l'insipide contenu des barquettes d'aluminium que pour se retrouver devant d'épouvantables saucisses frites.

– Pourquoi es-tu si rouge, Henri ? s'enquit-elle en posant le plateau sur une petite table.

– Ta fille est une tricheuse et une menteuse, dit le père, en prenant son assiette de saucisses frites qu'il posa sur ses genoux. Allez, mets la télé en marche et que tout le monde la boucle.

La teinture
blond platine

Il ne faisait aucun doute pour Matilda que cette dernière manifestation de vilenie de son père méritait un sévère châtiment, et elle resta assise à manger ses infectes saucisses graisseuses et ses frites rances sans regarder la télévision, passant en revue diverses représailles possibles. Lorsqu'elle se mit au lit, sa décision était prise.

Le lendemain matin, levée très tôt, elle alla s'enfermer dans la salle de bains. Les cheveux de Mme Verdebois, nous le savons déjà, étaient teints d'un blond platine argenté, assez proche, comme nuance, de la couleur des collants d'une acrobate fil-de-fériste de cirque. La grande opération de teinture se déroulait deux fois par an chez le coiffeur mais, tous les mois environ, Mme Verdebois se faisait un rinçage audessus de son lavabo avec un produit appelé « teinture blond platine extraforte ». Ce produit lui servait également à décolorer les racines de ses cheveux en une espèce de marron jaunâtre. La bouteille de teinture était rangée dans l'armoire à pharmacie de la salle de bains et, sous le nom du produit était écrit : *Attention, produit à base d'eau oxygénée. Ne pas laisser à la por-*

tée des enfants. Matilda avait lu bien des fois cet avertissement avec intérêt.

M. Verdebois avait une tignasse noire, qu'il partageait soigneusement en deux par une raie, et dont il était spécialement fier.

– A cheveux solides, cervelle de même ! aimait-il déclarer.

– Comme Shakespeare, lui avait un jour dit Matilda.

– Comme qui ?

– Shakespeare, papa.

– C'était un gars futé ?

– Très, papa.

– Il avait une vraie tignasse, alors ?

– Il était chauve, papa.

Sur quoi le père avait aboyé :

– Si tu ne peux dire que des bêtises, boucle-la.

Quoi qu'il en soit, M. Verdebois entretenait sa chevelure pour lui conserver son lustre et sa vigueur en la frictionnant abondamment chaque matin avec une lotion appelée « tonique capillaire à l'huile de violette ». Un flacon de cette mixture mauve odorante trônait en permanence au-dessus du lavabo de la salle de bains, à côté des brosses à dents, et M. Verdebois ne manquait jamais de s'en masser le crâne avec énergie après s'être rasé. Cette friction s'accompagnait toujours d'un concert de grognements sonores, de halètements, d'exclamations étouffées : « Ahhh... Ohhh... Mmmm ! ! ! » que Matilda entendait clairement de sa chambre, de l'autre côté du couloir.

62

Donc, seule et en sûreté dans la salle de bains, Matilda dévissa le bouchon de la lotion à l'huile de violette et en vida les trois quarts dans le lavabo. Puis elle remplit le flacon avec la teinture blond platine extraforte de sa mère. Elle avait pris soin de laisser assez de tonique capillaire pour qu'une fois secoué le liquide reprît une teinte mauve acceptable. Ensuite, elle replaça le flacon sur la tablette, au-dessus du lavabo, et rangea la teinture de sa mère dans l'armoire à pharmacie. Jusque-là, tout allait bien.

Au petit déjeuner, Matilda commença à manger ses corn flakes. En face d'elle, son frère, assis le dos à la porte, dévorait des tranches de pain tartinées d'un mélange de beurre de cacahuètes et de confiture de fraises. Dans la cuisine, la mère préparait le petit déjeuner de M. Verdebois qui se composait invariablement de deux œufs frits sur du pain grillé, avec trois saucisses, trois tranches de bacon et quelques tomates.

Ce fut alors que M. Verdebois fit une tapageuse irruption dans la pièce. Il était d'ailleurs incapable d'entrer où que ce fût calmement, surtout à l'heure du petit déjeuner. Marquer son apparition par un bruyant remue-ménage était chez lui un besoin irrépressible. On l'entendait presque pérorer : « C'est moi, le grand homme ! J'arrive, moi, le maître de maison, le gagneur qui vous fait une vie de coqs en pâte ! Regardez-moi et inclinez-vous ! »

Ce matin-là, il arriva à grandes enjambées, tapa sur l'épaule de son fils et tonitrua :

– Eh ben, mon garçon, ton père se sent fin prêt pour engranger le magot aujourd'hui au garage ! J'ai un joli lot de bagnoles pourries à fourguer aux pigeons ce matin. Où est mon petit déjeuner ?

– Il arrive, trésor, lui lança Mme Verdebois de la cuisine.

Matilda, le nez baissé sur ses corn flakes, n'osait pas lever la tête. D'abord, elle n'était pas sûre du spectacle qui allait s'offrir à ses yeux. Ensuite, si elle voyait ce à quoi elle s'attendait, elle craignait de ne pouvoir rester impassible et de se trahir. Quant à son frère, il regardait par la fenêtre tout en continuant à s'empiffrer de tartines de beurre de cacahuètes mélangé à de la confiture de fraises.

Le père allait s'asseoir au bout de la table quand la mère fit son entrée, venant de la cuisine, portant un vaste plateau surchargé d'œufs, de saucisses, de bacon et de tomates. Machinalement, elle leva les yeux. Et ce qu'elle vit la figea. Puis elle laissa échapper un hurlement qui parut la soulever de terre et lâcha son plateau qui heurta le sol à grand bruit, tandis que son contenu s'éparpillait de tous côtés. Tout le monde sauta en l'air, y compris M. Verdebois.

– Mais qu'est-ce qui te prend, crétine ? Regarde-moi ce gâchis que tu as fait sur le tapis !

– Tes cheveux ! glapit la mère, pointant un index frémissant sur son mari. Regarde tes cheveux ! Qu'est-ce que tu leur as fait, à tes cheveux ?

– Eh ben, quoi ? Qu'est-ce qu'ils ont mes cheveux, crénom ! cria M. Verdebois.

– Oh, mon Dieu, papa, qu'est-ce que tu as fait à tes cheveux ! hurla le fils.

Un tohu-bohu merveilleusement cacophonique se déchaîna dans la pièce.

Matilda, silencieuse, se contentait d'admirer le résultat de sa machination. La superbe chevelure noire de M. Verdebois avait pris une couleur d'argent jauni,

semblable à celle du collant d'une acrobate fil-de-fériste qui aurait subi toute une saison de représentation, sans le moindre lavage.

— Tu... tu... tu les as teints ! glapit la mère. Pourquoi as-tu fait ça, pauvre idiot ! C'est horrible ! Ça fait peur à voir ! Tu as l'air d'un monstre !

— Mais qu'est-ce que vous me chantez tous, sacredieu ! vociféra le père en portant les deux mains à ses cheveux. Je ne me suis pas teint du tout ! Vous avez des visions, ma parole ! Qu'est-ce qui vous prend ? Vous vous payez ma tête, peut-être ?

Son visage avait pris une teinte vert pâle, couleur de pomme pas mûre.

– Mais bien sûr qu'il les a teints ! cria la mère. Ils n'ont pas changé de couleur tout seuls ! Tu voulais t'embellir ou quoi ? Tu as tout d'une grand-mère bonne pour l'asile, tiens !

– Qu'on me donne une glace ! hurla le père. Restez pas là à brailler comme des possédés. Une glace, vite !

Le sac à main de Mme Verdebois était posé sur une chaise, à l'autre bout de la table. Elle l'ouvrit et en sortit un poudrier avec un petit miroir circulaire dans le couvercle, qu'elle tendit à son mari. Il s'en empara brutalement et le brandit devant lui, répandant les trois quarts de la poudre qu'il contenait sur son veston de tweed à carreaux.

– Attention ! hurla la mère. Non mais, regarde ce que tu fais ! La meilleure poudre de chez Elizabeth Arden !

– Oh, misère ! s'exclama le père, les yeux rivés sur le petit miroir. Qu'est-ce qui m'est arrivé ? C'est affreux ! J'ai l'air d'un échappé d'asile ! Je ne peux pas aller au garage et vendre des voitures avec une tête pareille ! Comment est-ce arrivé ?

Il regarda autour de lui, d'abord la mère, puis le fils, et enfin Matilda.

– Comment est-ce que ça a *pu* arriver ? vociféra-t-il.

– Je suppose, papa, dit Matilda d'un ton posé, que tu n'as pas fait très attention et que tu as simplement pris la teinture de maman sur l'étagère au lieu de ta lotion.

– Mais oui, c'est sûrement ça ! s'exclama la mère. Vraiment, Henri, comment peut-on être aussi *bête ?* Pourquoi n'as-tu pas regardé l'étiquette avant de t'asperger la tête ? Ma teinture est terriblement forte. Je ne dois utiliser qu'une cuillerée à soupe dans une cuvette pleine d'eau, et toi tu t'es renversé ça complètement pur sur le crâne ! Ça va sans doute faire tomber tous tes cheveux. Tu ne sens pas un début de picotement ou de brûlure ?

– Quoi ! Tu veux dire que je vais perdre mes cheveux ? hurla le mari.

– J'en ai peur, dit la mère. L'eau oxygénée est un produit puissant. C'est ce qu'on met dans les toilettes pour nettoyer la cuvette, mais sous un autre nom.

– Qu'est-ce que tu dis ? hurla le mari. Je ne suis pas une cuvette de cabinet ! Je ne veux pas être désinfecté !

– Même dilué comme je l'utilise, reprit la mère, ça me fait perdre pas mal de cheveux, alors Dieu sait ce qui peut arriver aux tiens ! Et même ça m'étonne que ça ne t'ait pas encore décapé tout le sommet du crâne.

– Mais qu'est-ce que je vais faire ? se lamenta le

père. Dis-moi vite ce que je dois faire avant que mes cheveux ne se mettent à tomber !

— Moi, à ta place, dit Matilda, je les laverais à fond au savon et à l'eau, mais il faut te dépêcher.

— Et mes cheveux redeviendront noirs ? demanda anxieusement le père.

— Bien sûr que non, andouille, dit la mère.

— Alors, qu'est-ce que je vais faire ? Je ne peux pas rester comme ça !

— Tu n'as qu'à te les faire teindre en noir, dit la mère. Mais commence par les laver, sinon il n'en restera pas un seul à teindre.

— C'est ça ! s'écria le père en bondissant, prêt à l'action. Prends-moi tout de suite un rendez-vous avec ton coiffeur ! Dis-lui que c'est urgent ! Ils n'ont qu'à déplacer une cliente ! Maintenant, je monte me laver la tête !

Là-dessus, il sortit en trombe de la pièce, et Mme Verdebois, exhalant un profond soupir, alla téléphoner au salon de coiffure.

— De temps en temps, il fait des grosses bêtises, tu ne trouves pas, maman ? dit Matilda.

La mère, tout en composant le numéro sur le cadran, lui répondit :

— J'ai peur que les hommes ne soient pas aussi malins qu'ils se l'imaginent. Tu apprendras ça quand tu seras un peu plus grande, ma fille.

Mademoiselle Candy

Matilda avait commencé ses études un peu tard. La plupart des enfants ont entre quatre et cinq ans lorsqu'ils entrent à l'école pour la première fois. Mais les parents de Matilda, peu soucieux de l'éducation de leur fille, avaient oublié de faire les démarches nécessaires en temps voulu. Elle avait donc cinq ans et demi quand elle franchit le seuil de son école.

L'école du village était une ingrate bâtisse de brique appelée école primaire Lamy-Noir. Elle comptait environ deux cent cinquante élèves, âgés de quatre à onze ans révolus. La directrice, la patronne, la toute-puissante souveraine de l'établissement était une terrifiante matrone. Mlle Legourdin.

Naturellement, Matilda avait été mise dans la plus petite classe en compagnie de dix-sept garçons et filles de son âge. Leur institutrice s'appelait Mlle Candy et devait être âgée d'environ vingt-trois ou vingt-quatre ans. Elle avait un ravissant visage ovale et pâle de madone avec des yeux bleus et une chevelure châtain clair. Elle était si mince et si fragile qu'on avait l'impression qu'en tombant elle aurait pu se casser en mille morceaux, comme une statuette de porcelaine.

69

Mlle Jennifer Candy était une personne douce et discrète qui n'élevait jamais la voix, que l'on voyait rarement sourire mais qui possédait le don exceptionnel de se faire adorer de tous les enfants qui lui étaient confiés. Elle paraissait comprendre d'instinct l'effarement et la crainte qui envahissent si souvent les petits entrant pour la première fois de leur vie dans une salle de classe et contraints d'obéir aux ordres reçus. Un chaleureux rayonnement, pour ainsi dire tangible, illuminait les traits de Mlle Candy lorsqu'elle s'adressait à un nouveau venu, éperdu d'inquiétude, arrivé dans sa classe.

Mlle Legourdin, la directrice, était d'une autre race : c'était une géante formidable, un monstrueux tyran qui terrorisait également élèves et professeurs. Même à distance, une aura de menace l'enveloppait et, de près, l'on sentait les émanations brûlantes qu'elle dégageait comme une barre de métal chauffé à blanc. Lorsqu'elle fonçait – Mlle Legourdin ne marchait jamais ; elle avançait toujours comme un skieur, à longues enjambées, en balançant les bras –, donc lorsqu'elle fonçait le long d'un couloir, on l'entendait toujours grogner et grommeler, et si un groupe d'enfants se trouvait sur son passage, elle chargeait droit dessus comme un tank, projetant les petits de part et d'autre. Dieu merci, les fléaux de son espèce sont rares en ce bas monde, mais ils existent néanmoins, et tous, nous risquons d'en rencontrer un au cours de notre vie. Si jamais cela vous arrive, réagissez comme vous le feriez devant un rhinocéros enragé dans la brousse : escaladez l'arbre le plus proche et restez-y perché jusqu'à ce que tout danger soit écarté. Cette femme, avec toutes ses bizarreries et l'étrangeté de son aspect extérieur, est presque impossible à décrire ; néanmoins je

tenterai de vous faire son portrait un peu plus loin. Pour l'instant, abandonnons-la et revenons à Matilda et à sa première journée dans la classe de Mlle Candy.

Après avoir vérifié, selon la coutume, les noms de tous les enfants, Mlle Candy tendit à chacun d'eux un cahier tout neuf :

– J'espère que vous avez tous apporté vos crayons, dit-elle.

– Oui, mademoiselle Candy, répondirent-ils en chœur.

– Parfait ! C'est donc le tout premier jour de classe pour chacun d'entre vous. Autrement dit, le commencement d'au moins onze longues années d'études que

vous aurez tous à suivre. Et six de ces années, vous allez les passer ici, à l'école Lamy-Noir dont, comme vous le savez, la directrice est Mlle Legourdin. Que je vous prévienne tout de suite à propos de Mlle Legourdin : elle fait régner une discipline très stricte dans l'établissement et, si vous voulez un conseil, ayez toujours devant elle une conduite irréprochable. Ne discutez jamais avec elle. Ne lui répondez jamais. Faites tout ce qu'elle vous dira de faire. Sinon elle aura tôt fait de vous réduire en bouillie comme une patate dans un mixer. Ça n'a rien de drôle, Anémone. Ne ris pas comme ça. Et rappelez-vous bien : Mlle Legourdin est d'une sévérité terrible avec quiconque enfreint la règle dans cette école. Avez-vous tous bien compris ?

— Oui, mademoiselle Candy, gazouillèrent avec conviction dix-huit petites voix.

— Quant à moi, poursuivit-elle, je vous‑aiderai de mon mieux à en apprendre le plus possible tant que vous serez dans cette classe. Parce que je sais que cela facilitera la suite de vos études. Pour commencer, je compte sur vous pour savoir tous par cœur, à la fin de la semaine, votre table de multiplication par 2. Et, dans un an, j'espère que vous saurez toutes les tables de multiplication jusqu'à celle de 12. Cela vous rendra de grands services. Maintenant, y en a-t-il parmi vous qui ont déjà appris la table de multiplication par 2 ?

Matilda leva la main. Elle était la seule. Mlle Candy considéra avec attention la minuscule fillette aux cheveux noirs et au visage si sérieux, assise au deuxième rang.

– C'est parfait, dit-elle. Lève-toi et récite la table. Je t'écoute.

Matilda se mit debout et commença à réciter la table de 2. Arrivée à 2 fois 12, 24, elle n'en resta pas là et poursuivit avec 2 fois 13, 26 ; 2 fois 14, 28 ; 2 fois 15, 30 ; 2 fois 16...

– Arrête ! dit Mlle Candy.

Elle avait écouté ce paisible récital, comme légèrement envoûtée. Elle demanda :

– Jusqu'où peux-tu aller ?

– Jusqu'où ? dit Matilda. Mais je ne sais pas, mademoiselle Candy ; encore assez loin, je crois.

Mlle Candy resta un instant rêveuse devant cette surprenante réponse, puis elle reprit :

– Pourrais-tu, par hasard, me dire combien font 2 fois 28 ?

– Oui, mademoiselle Candy.

– Et cela fait ?

– 56, mademoiselle Candy.

– Voyons... et une question bien plus difficile, par exemple, 2 fois 487 ? Tu peux me le dire ?

– Je pense, oui, dit Matilda.

– Tu es sûre ?

– Mais oui, mademoiselle Candy, presque sûre.

– Alors, combien font 2 fois 487 ?

– 974, répondit Matilda sans hésiter.

Elle parlait d'un ton égal et poli, sans le moindre signe de vanité.

Mlle Candy dévisagea Matilda, sidérée, mais ce fut d'un ton neutre qu'elle lui dit :

– C'est remarquable, bien sûr, mais la multiplication par 2 est beaucoup plus facile qu'avec les chiffres plus élevés. Alors, les autres tables de multiplication, en connais-tu quelques-unes ?

– Je crois, mademoiselle Candy, oui, je crois bien.

– Lesquelles ? demanda Mlle Candy. Jusqu'où es-tu allée ?

– Je... je ne sais pas trop, répondit Matilda. Je ne comprends pas bien ce que vous voulez dire.

– Eh bien, entre autres, connais-tu la table des 3 ?

– Oui, mademoiselle Candy.

– Et celle des 4 ?

– Oui, mademoiselle Candy.

– Voyons, combien en connais-tu, Matilda ? Les sais-tu toutes jusqu'à la table des 12 ?

– Oui, mademoiselle Candy.

– Combien font 12 fois 7 ?

– 84.

Mlle Candy poussa un soupir et se laissa aller contre le dossier de sa chaise, derrière la table de bois nu disposée au centre de la salle, en face des élèves. Elle était profondément troublée par cet intermède mais se garda de le montrer. Jamais elle n'avait rencontré d'enfant de cinq ans, ou même de dix, capable de faire des multiplications avec une telle aisance.

– J'espère que vous avez tous bien écouté, dit-elle, s'adressant aux autres élèves. Matilda a beaucoup de chance. Elle a des parents merveilleux qui lui ont déjà appris à multiplier des tas de chiffres. C'est ta maman, n'est-ce pas Matilda, qui t'a appris à compter ?

– Non, mademoiselle Candy, ce n'est pas elle.

– Alors, tu dois avoir un père épatant. Quel bon professeur il doit faire !

– Non, mademoiselle Candy, répondit calmement Matilda. Mon père ne m'a rien appris.

– Tu veux dire que tu as appris toute seule ?

– Je ne sais pas vraiment, dit Matilda avec sincérité. Simplement, je ne trouve pas très compliqué de multiplier un nombre par un autre.

Mlle Candy prit une profonde inspiration et exhala un long soupir. Elle regarda de nouveau la petite fille aux yeux brillants, si solennelle et si raisonnable à son pupitre.

– Tu dis que ce n'est pas difficile de multiplier un nombre par un autre. Si tu essayais de m'expliquer ce que tu veux dire ?

– Oh, mon Dieu, fit Matilda, c'est que je ne sais pas trop comment...

Mlle Candy attendait. Toute la classe, silencieuse, écoutait.

– Par exemple, reprit Mlle Candy, si je te demandais de multiplier 14 par 19... Non, c'est trop difficile.

– Ça fait 266, dit Matilda d'une voix douce.

Mlle Candy la regarda fixement, puis elle prit un crayon et fit une rapide multiplication sur un bout de papier.

– Combien as-tu dit ? demanda-t-elle en levant les yeux.

– 266, répéta Matilda.

Mlle Candy posa son crayon et ôta ses lunettes qu'elle se mit à essuyer avec un coin de son mouchoir. La classe, toujours muette, l'observait, attendant la suite. Matilda se tenait toujours debout à côté de son pupitre.

– Voyons, Matilda, poursuivit Mlle Candy tout en continuant à essuyer ses lunettes, pourrais-tu me dire ce qui se passe dans ta tête quand tu fais une multiplication comme celle-là. Il faut bien que tu passes par un raisonnement quelconque, même si tu donnes le résultat presque immédiatement. Prenons celui que tu viens de calculer : 14 fois 19.

– Je... je... je pose simplement le 14 dans ma tête et je le multiplie par 19, dit Matilda. J'ai peur de ne pas pouvoir expliquer comment. Je me suis toujours dit que si une calculette de poche pouvait le faire, pourquoi pas moi ?

– Pourquoi pas, en effet ? dit Mlle Candy. Le cerveau humain est un appareil étonnant.

– Je crois qu'il vaut bien mieux qu'un bout de métal, dit Matilda ; une calculette, ce n'est rien d'autre.

– Comme tu as raison, approuva Mlle Candy. D'ailleurs, les calculettes ne sont pas autorisées à l'école.

Mlle Candy se sentait quelque peu désorientée. Elle ne doutait pas un instant d'avoir rencontré une sorte de génie mathématique, et l'expression « enfant prodige » s'imposait à elle. Elle savait que les phénomènes de ce genre font leur apparition de loin en loin en ce bas monde, mais pas plus d'une ou deux fois par siècle. Après tout, Mozart n'avait que cinq ans quand il a composé sa première pièce pour piano et voyez ce qu'il était devenu.

– Ce n'est pas juste, dit Anémone. Comment elle peut le faire et pas nous ?

– Ne t'inquiète pas, Anémone, tu la rattraperas bientôt, dit Mlle Candy, ne reculant jamais devant un mensonge pieux.

Là-dessus, Mlle Candy ne put résister à la tentation d'explorer plus avant l'esprit de cette prodigieuse petite fille. Elle savait qu'elle devait s'occuper aussi du reste des élèves, mais elle était trop surexcitée pour se détourner d'un sujet aussi palpitant.

– Allons, dit-elle, feignant de s'adresser à la classe entière, laissons les chiffres pour un moment et voyons si l'un de vous a commencé à apprendre à épeler. Que celui qui peut épeler « chat » lève la main.

Trois mains se dressèrent. C'étaient celles d'Anémone, d'un petit garçon nommé Victor et de Matilda.

– Épelle « chat », Victor.

Victor épela sans se tromper.

Mlle Candy décida alors de poser une question qu'en temps normal elle n'aurait jamais envisagé de poser un premier jour de classe :

– Je me demande, dit-elle, si l'un de vous trois – qui savez épeler « chat » – a appris à lire un groupe de mots lorsqu'ils sont assemblés pour former une phrase.

– Moi, dit Victor.

– Moi aussi, dit Anémone.

Mlle Candy alla au tableau et, avec un bâton de craie, elle écrivit : *J'ai déjà commencé à apprendre à lire de longues phrases.* Elle avait volontairement écrit une phrase compliquée et savait que bien rares étaient les enfants de cinq ans capables de la lire.

– Peux-tu me dire ce qui est écrit, Victor ? demanda-t-elle.

– C'est trop dur pour moi, dit Victor.

– Anémone ?

– Le premier mot est « Je », dit Anémone.

– L'un de vous peut-il lire la phrase complète ? demanda Mlle Candy, attendant le « oui » qui ne pouvait manquer de venir aux lèvres de Matilda.

– Oui, dit Matilda.

– Vas-y, dit Mlle Candy.

Matilda lut la phrase sans l'ombre d'une hésitation.

– Pas mal, dit Mlle Candy, proférant le plus bel euphémisme de sa carrière. Qu'est-ce que tu es *capable* de lire, Matilda ?

– Je crois que je peux lire presque tout, mademoiselle Candy, répondit Matilda, mais j'ai peur de ne pas toujours comprendre ce que ça signifie.

Mlle Candy se leva, sortit d'un pas vif de la classe et revint trente secondes plus tard, tenant un gros volume. Elle l'ouvrit au hasard et le plaça sur le pupitre de Matilda.

– C'est un livre de poésies légères, dit-elle. Voyons si tu peux en lire une à voix haute.

D'une voix bien modulée, et sur un rythme égal, Matilda récita :

Un fameux gourmet qui dînait à Pise
Trouva dans sa soupe une souris grise
Motus ! lui souffla le garçon futé
Sinon tout le monde va m'en réclamer !

Plusieurs enfants, sensibles au comique de la scène, se mirent à rire. Mlle Candy demanda :

– Sais-tu ce que c'est qu'un gourmet, Matilda ?

– C'est quelqu'un qui aime les bonnes choses à manger.

– Exact, dit Mlle Candy. Et sais-tu, par hasard, comment s'appelle ce petit poème ?

– C'est un quatrain, dit Matilda. Celui-ci est très amusant.

– Il est assez connu, dit Mlle Candy en reprenant le livre et en allant se rasseoir à sa table. Un quatrain spirituel demande beaucoup de talent. Ça paraît facile, mais c'est tout le contraire.

– Je sais, dit Matilda. J'ai essayé d'en faire plusieurs fois, mais ils ne sont pas fameux.

– Tu as essayé, vraiment ? s'étonna Mlle Candy, plus éberluée que jamais. Écoute, Matilda, j'aimerais beaucoup entendre un de tes quatrains. Pourrais-tu nous en dire un dont tu te rappelles ?

– Eh bien, fit Matilda, hésitante. A vrai dire, j'ai essayé d'en faire un sur vous, mademoiselle Candy, pendant qu'on était tous ici.

– Sur moi ! s'exclama Mlle Candy. Alors, celui-là, je tiens absolument à l'entendre, d'accord ?

– Je n'ai pas très envie de le réciter, mademoiselle Candy.

– S'il te plaît, pour me faire plaisir. Je te promets de ne pas t'en vouloir.

– Justement, j'en ai peur parce que j'ai employé votre petit nom pour la rime et c'est pour ça que ça m'ennuie de le dire.

– Comment connais-tu mon petit nom ? demanda Mlle Candy.

– J'ai entendu une autre maîtresse qui vous parlait avant qu'on entre dans la classe, dit Matilda. Elle vous a appelée Jenny.

– J'insiste pour entendre ton quatrain, dit Mlle Candy, esquissant un de ses très rares sourires. Lève-toi et récite-le.

A contrecœur, Matilda se leva et, d'une voix lente, altérée par la nervosité, elle récita son quatrain :

> Chacun se dit, voyant Jenny
> Est-il possible qu'on trouve ici
> Dame au visage aussi joli ?
> Pas une, je vous le parie !

Le charmant et pâle visage de Mlle Candy s'empourpra de la gorge au front. A nouveau, un sourire lui vint aux lèvres, un sourire beaucoup plus épanoui, un sourire de pur plaisir.

– Oh, merci, merci, Matilda, dit-elle, ravie. Bien qu'il ne raconte rien de vrai, c'est un très bon quatrain. Mon Dieu, mon Dieu, il faut que je me le rappelle.

Du troisième rang de la classe, Anémone déclara :

– C'est drôlement bien. J'aime beaucoup.

– Et en plus, c'est vrai, appuya un petit garçon nommé Robert.

– Tu parles que c'est vrai, approuva Victor.

Déjà, Mlle Candy avait gagné la confiance et la sympathie de toute la classe alors qu'elle n'avait, jusque-là, guère prêté attention qu'à Matilda.

– Qui t'a appris à lire, Matilda ? demanda-t-elle.

– Oh, j'ai appris toute seule, mademoiselle Candy.

– Et tu as lu des livres pour ton plaisir à toi, des livres d'enfants, je veux dire ?

– J'ai lu tous ceux qu'on peut trouver à la bibliothèque publique de la grand-rue, mademoiselle Candy.

– Et tu les as aimés ?

– Certains je les ai aimés beaucoup, oui, répondit Matilda ; mais j'en ai trouvé d'autres bien ennuyeux.

– Cite-m'en un qui t'a vraiment plu.

– *L'Ile au trésor*, dit Matilda. Je crois que M. Stevenson est un très bon écrivain, mais il a un défaut. Il n'y a pas de passages drôles dans son livre.

– Peut-être bien, dit Mlle Candy.

– Il n'y en a pas non plus beaucoup chez M. Tolkien, dit Matilda.

– Crois-tu qu'il devrait y avoir des moments drôles dans tous les livres d'enfants ? demanda Mlle Candy.

– Oui, répondit Matilda. Les enfants ne sont pas aussi sérieux que les grandes personnes et ils aiment rire.

Mlle Candy, confondue encore une fois par la sagesse de cette si petite fille, lui demanda :

– Et qu'est-ce que tu fais maintenant que tu as lu tous les livres d'enfants ?

– Je lis d'autres livres, répondit Matilda. Je les emprunte à la bibliothèque. Mme Folyot est très gentille avec moi. Elle m'aide à les choisir.

Mlle Candy, penchée en avant par-dessus sa table, considéra longuement Matilda d'un air rêveur. Elle avait, cette fois, totalement oublié les autres élèves.

– Quels livres ? murmura-t-elle.

– J'aime énormément Charles Dickens, dit Matilda. Il me fait beaucoup rire. Surtout M. Pickwick.

A cet instant, dans le couloir, la cloche sonna la fin de la classe.

Mademoiselle
Legourdin

Pendant la récréation, Mlle Candy, quittant la salle de classe, se rendit droit au bureau de la directrice. Elle était au comble de l'excitation. Elle venait de découvrir une petite fille douée, selon toute apparence, de facultés exceptionnelles. Si elle n'avait pas eu le temps de juger définitivement de la réalité de ces dons, Mlle Candy en avait suffisamment appris pour se rendre compte qu'il fallait agir sans délai. Il eût été ridicule de laisser une enfant pareille se morfondre dans une classe de débutants.

En temps normal, Mlle Candy, que la directrice terrifiait, veillait à s'en tenir à l'écart mais, étant donné la situation, elle était prête à affronter n'importe qui. Elle frappa donc à la porte du bureau redouté. « Entrez ! » tonna la voix profonde et menaçante de Mlle Legourdin. Et Mlle Candy entra.

Les dirigeants d'établissement scolaire sont, en général, choisis parce qu'ils font preuve d'éminentes qualités. Ils comprennent les enfants et prennent leurs intérêts à cœur. Ils sont ouverts et compréhensifs. Ils ont un sincère souci de la justice et de l'éducation de ceux qui leur sont confiés. Mlle Legourdin, elle, ne possédait aucune de ces qualités. Et comment elle avait pu accéder à son poste demeurait un véritable mystère.

C'était une espèce de monstre femelle d'aspect redoutable. Elle avait en effet accompli, dans sa jeunesse, des performances en athlétisme et sa musculature était encore impressionnante. Il suffisait de regarder son cou de taureau, ses épaules massives, ses bras musculeux, ses poignets noueux, ses jambes puissantes pour l'imaginer capable de tordre des barres de fer ou de déchirer en deux un annuaire téléphonique. Pas la moindre trace de beauté sur son visage qui était loin d'être une source de joie éternelle. Elle avait un menton agressif, une bouche cruelle et de petits yeux arrogants. Quant à ses vêtements, ils étaient, pour le moins, singuliers. Elle portait en permanence une blouse marron boutonnée, serrée à la taille par une large ceinture de cuir ornée d'une énorme boucle d'argent. Les cuisses massives émergeant de la blouse étaient moulées par une espèce de culotte extravagante, taillée dans une étoffe vert bouteille. Cette culotte s'arrêtait juste au-dessous du genou, ses bords affleurant le haut de bas grossiers à revers qui soulignaient à la perfection ses mollets de colosse. Aux pieds, elle portait de gros mocassins mous à talons plats et à la languette pendante. Bref, elle évoquait beaucoup plus une dresseuse de molosses sanguinaires que la directrice d'une paisible école primaire.

Lorsque Mlle Candy entra dans le bureau, Mlle Legourdin se tenait debout derrière sa vaste table de travail, avec une expression impatiente sur sa mine renfrognée.

– Oui ! grogna-t-elle. Qu'est-ce que vous voulez ? Vous m'avez l'air bien agitée, ce matin. Qu'est-ce qui vous arrive ? Ces petits garnements vous ont bombardée avec des boulettes de papier mâché ?

– Non, madame la directrice, pas du tout.

– Alors, quoi ? Je vous écoute. Je suis une femme très occupée.

Tout en parlant, elle s'était emparée d'un pichet sur sa table et s'était servi un verre d'eau.

– Il y a, dans ma classe, une petite fille, Matilda Verdebois... commença Mlle Candy.

– C'est la fille du patron du garage Verdebois, dans le village ! aboya Mlle Legourdin.

Car il ne lui arrivait pratiquement jamais de parler normalement : ou elle aboyait, ou elle beuglait.

– Un homme très bien, ce Verdebois, continuat-elle. Je suis allée chez lui hier, justement. Il m'a vendu une voiture. Presque neuve. Elle n'avait fait que quinze mille kilomètres. Sa propriétaire était une vieille dame qui ne la sortait guère qu'une fois par an. Une affaire en or. Oui, il me plaît bien, Verdebois ! Un bon élément dans notre communauté. A part ça, il m'a dit que sa fille ne valait pas grand-chose, qu'il fallait la surveiller. D'après lui, s'il se produisait des pépins dans l'école, ce serait sûrement un coup de sa fille. Je n'ai pas encore vu cette effrontée, mais elle ne perd rien pour attendre. D'après son père, c'est un cafard ! une plaie ! une peste !

– Oh non, madame la directrice, ce n'est pas vrai ! s'écria Mlle Candy.

– Mais si, Candy, c'est fichtrement vrai ! Et, au fait, maintenant que j'y pense, ça doit être elle qui a mis cette boule puante sous mon bureau, ce matin. La pièce empestait. On aurait cru un égout ! Bien sûr que c'est elle ! Je ne vais pas la rater, comptez sur moi ! De quoi a-t-elle l'air ? D'une vilaine petite ver-

mine, sans doute. Au cours de ma déjà longue carrière d'enseignante, j'ai découvert, mademoiselle Candy, que chez les enfants dévoyés, les filles étaient bien plus dangereuses que les garçons. Sans compter qu'elles sont beaucoup plus difficiles à mater. Vouloir mater une de ces petites pestes, c'est comme tenter d'écraser une mouche : vous tapez dessus et la sale bête a déjà filé. Satanée engeance que les petites filles ! Très heureuse de ne jamais en avoir été une.

– Oh, mais vous avez bien dû être une petite fille, madame la directrice ; sûrement, même.

– Pas longtemps, en tout cas, jappa Mlle Legourdin, un mauvais sourire aux lèvres. J'ai vieilli très vite.

« Elle perd les pédales, pensa Mlle Candy. Elle a une araignée au plafond. » Elle se campa résolument devant la directrice. Pour une fois, elle n'allait pas se laisser piétiner.

– Je dois vous dire, madame la directrice, que vous vous trompez complètement en accusant Matilda d'avoir mis une boule puante sous votre bureau.

– Je ne me trompe jamais, mademoiselle Candy.

– Mais, madame la directrice, cette petite est arrivée à l'école ce matin et elle est venue droit dans ma classe...

– Ne discutez pas avec moi, ma petite ! Cette vipère de... de Matilda a mis une boule puante sous ma table ! Ça ne fait aucun doute. Merci de me l'avoir signalé.

– Mais je ne vous l'ai pas signalé, madame la directrice.

– Ah, mais si ! Maintenant, qu'est-ce que vous voulez, Candy ? Pourquoi me faites-vous perdre mon temps ?

– Je suis venue vous parler de Matilda, madame la directrice. C'est une enfant extraordinaire. Puis-je vous expliquer ce qui vient de se passer dans ma classe ?

– Je suppose qu'elle a mis le feu à votre jupe et brûlé votre culotte ! répliqua Mlle Legourdin, hargneuse.

– Non, non ! s'écria Mlle Candy. Matilda est un génie.

A la mention de ce mot, Mlle Legourdin devint violette et tout son corps parut s'enfler comme celui d'un crapaud-bœuf.

– Un *génie* ! hurla-t-elle. Quelles âneries me débitez-vous ? Vous avez perdu la tête ! Son père m'a garanti que sa fille était un vrai gibier de potence !

– Son père a tort, madame la directrice.

– Surveillez vos paroles, mademoiselle Candy. Vous avez vu cette petite fille une demi-heure et son père la connaît depuis sa naissance.

Mais Mlle Candy était résolue à s'expliquer et elle entreprit de décrire certaines des performances étonnantes réalisées par Matilda en arithmétique.

– Bon, elle a appris quelques tables de multiplication par cœur ? aboya Mlle Legourdin. Ça ne fait pas d'elle un génie, jeune écervelée, mais un vulgaire perroquet.

– Mais, madame la directrice, elle sait lire.

– Moi aussi ! gronda Mlle Legourdin.

– A mon avis, insista Mlle Candy, cette Matilda devrait être retirée de ma classe et admise sans délai dans celle des grands de onze ans.

– Ha ! fit Mlle Legourdin. C'est ça ! Vous voulez vous en débarrasser ? En somme, vous êtes incapable de la neutraliser, et vous voulez donc vous en décharger sur la malheureuse Mlle Basquet chez qui elle mettra une pagaille encore pire.

– Non, non ! s'écria Mlle Candy. Ce n'est pas du tout mon idée !

– Oh, mais si ! beugla Mlle Legourdin. Je vois clair dans votre jeu, ma petite ! Et je réponds non ! Matilda restera où elle est. A vous de veiller à ce qu'elle se tienne tranquille.

– Mais, madame la directrice, je vous en prie...

– Pas un mot de plus ! vociféra Mlle Legourdin. De toute façon, la règle est formelle ici. Tous les enfants restent dans leur groupe d'âge, doués ou pas. Je ne vais pas mettre une petite diablesse de cinq ans avec les garçons et les filles de la grande classe. On n'a pas idée !

Mlle Candy restait là, impuissante, devant cette géante à l'encolure congestionnée. Elle avait encore bien des choses à dire mais savait que ce serait en pure perte.

– Très bien, dit-elle d'une voix douce, comme vous voudrez, madame la directrice.

– Parfaitement ! Comme je veux ! explosa Mlle Legourdin. Et n'oubliez pas, ma petite, que nous avons affaire à une jeune vipère qui a mis une boule puante sous ma table...

– Ce n'est pas elle qui a fait ça, madame la directrice.

– Si, bien sûr, c'est elle, tonna Mlle Legourdin. Et je vais vous dire une chose : je regrette bien de ne plus pouvoir me servir des verges ou de ma ceinture comme je le faisais dans le bon vieux temps ! Je lui tannerais le derrière, à cette Matilda... Elle en aurait pour un mois avant de pouvoir s'asseoir !

Mlle Candy tourna les talons et sortit du bureau, déprimée mais nullement battue. « Il faut que je fasse quelque chose pour cette enfant, se dit-elle. Quoi, au juste, je ne sais pas encore, mais je trouverai bien un moyen de l'aider, au bout du compte. »

Une visite
chez les parents

La récréation n'était pas terminée, et Mlle Candy en profita pour emprunter aux professeurs qui enseignaient dans les classes des grands un certain nombre de manuels d'algèbre, de géométrie, de français, de littérature et autres. Puis elle alla chercher Matilda et la fit venir dans sa classe.

– Ça ne rime à rien, dit-elle, que tu restes là sur ton banc à te tourner les pouces pendant que j'apprends aux autres à réciter la table de 2 ou à épeler des mots de trois lettres. Donc, à chaque cours, je te donnerai un de ces livres à étudier. A la fin de la classe, tu pourras venir me trouver avec tes questions s'il y en a, et j'essaierai de t'aider. Qu'en penses-tu ?

– Merci beaucoup, dit Matilda. Ça m'a l'air parfait.

– Je suis certaine, reprit Mlle Candy, que nous pourrons te faire monter plus tard dans une autre classe mais, pour l'instant, la directrice préfère que tu restes où tu es.

– Très bien, mademoiselle Candy, dit Matilda. Et merci beaucoup de me prêter tous ces livres.

« Quelle enfant charmante, songea Mlle Candy. Ce que son père a pu dire d'elle, je m'en moque. Elle paraît aussi calme que gentille. Et aucune fatuité en dépit de ses dons. En fait, elle n'a même pas l'air d'en avoir conscience. »

Donc, lorsque les élèves eurent regagné la classe, Matilda, à son pupitre, se plongea dans l'étude d'un livre de géométrie que lui avait donné Mlle Candy. Celle-ci, qui l'observait du coin de l'œil, se réjouit de constater que, très vite, la petite fille fut captivée par sa lecture. A tel point que, pas une fois durant le cours, elle ne leva le nez.

Cependant Mlle Candy avait pris une autre décision : elle avait résolu d'aller trouver les parents de Matilda et d'avoir avec eux un entretien confidentiel. Elle n'admettait pas de laisser se poursuivre ainsi une situation aussi ridicule. Et puis, elle ne se résignait pas à croire les parents de Matilda totalement indifférents aux talents remarquables de leur fille. Après tout, M. Verdebois était un négociant prospère et, donc, il devait posséder un minimum de bon sens. De plus, il est bien connu que les parents ne *sous-estiment* jamais les capacités de leurs enfants. Bien au contraire. A un point tel qu'il est souvent impossible à un professeur de convaincre un père ou une mère, débordants de fierté, que leur marmot bien-aimé est un parfait crétin. Forte de ces principes, Mlle Candy avait la conviction qu'elle persuaderait sans peine M. et Mme Verdebois des remarquables mérites de leur fille. Le seul problème consisterait peut-être à endiguer leur excès d'enthousiasme.

Sur quoi, Mlle Candy donna libre cours à ses espérances. Et elle se demanda si elle pourrait se passer de l'autorisation des parents pour donner, après l'école, des leçons particulières à Matilda. La perspective de servir de mentor à une enfant aussi brillante comblait ses aspirations de pédagogue. Et, soudain, elle décida d'aller rendre visite à M. et Mme Verdebois le soir même. Elle attendrait assez tard, entre neuf et dix heures, pour être sûre que Matilda soit déjà au lit.

Ainsi se déroulèrent les choses. Ayant trouvé l'adresse dans le dossier scolaire de Matilda, Mlle Candy se mit en route à pied vers neuf heures pour se rendre chez les Verdebois. Elle trouva la maison dans une rue agréable où des jardinets séparaient les pavillons les uns des autres. C'était une moderne construction de brique qui avait certainement coûté un bon prix et dont le nom, inscrit sur la porte, était *L'Ermitage*. « *Gîte amer* aurait mieux convenu », pensa Mlle Candy qui avait un faible pour les anagrammes. Elle suivit l'allée, gravit le perron, sonna et attendit. A l'intérieur, la télévision tonitruait.

Une sorte de criquet à face et moustache de rat, en veston à carreaux orange et verts, vint lui ouvrir.

– Vous désirez ? dit-il en la toisant. Si vous vendez des billets de loterie, j'en veux pas.

– Je ne vends rien. Excusez-moi de venir vous déranger à cette heure. Je suis l'institutrice de Matilda à l'école et il est important que je vous parle à vous et à votre femme.

– Elle s'est déjà attiré des ennuis, c'est ça ? maugréa M. Verdebois, bloquant le passage. Mais c'est vous qui en êtes responsable, maintenant. A vous de vous débrouiller avec elle.

– Elle ne s'est attiré aucun ennui, répondit Mlle Candy quelque peu surprise. Je viens avec de bonnes nouvelles pour elle. Des nouvelles sidérantes, même, monsieur Verdebois. Pourrais-je entrer un instant et vous parler de Matilda ?

– Nous sommes en plein milieu d'un de nos feuille-

tons préférés. Vous tombez très mal. Si vous reveniez plus tard, une autre fois ?

Mlle Candy commençait à perdre patience :

– Monsieur Verdebois, dit-elle, si vous croyez qu'une émission minable est plus importante que l'avenir de votre fille, vous ne méritez guère d'être son père ! Allez donc arrêter ce fichu appareil et écoutez-moi !

Cette apostrophe désarçonna M. Verdebois. Il n'avait pas l'habitude d'être interpellé sur ce ton. L'œil inquisiteur, il examina cette frêle jeune femme si résolument campée sur son perron.

– Bon, bon, ça va, aboya-t-il. Entrez, qu'on liquide ça en vitesse.

Mlle Candy franchit vivement le seuil.

– Mme Verdebois va vous bénir, dit M. Verdebois en la faisant entrer dans le salon où une blonde platinée adipeuse dévorait des yeux les images sur le petit écran.

– Qu'est-ce que c'est ? s'enquit-elle sans lever la tête.

– Une instite, ou quelque chose comme ça, dit M. Verdebois. Paraît qu'elle veut nous parler de Matilda.

Il s'approcha du poste dont il baissa le son.

– Mais t'es fou, Henri ! s'écria Mme Verdebois. Willard va justement proposer le mariage à Angelica.

– Continue à regarder pendant qu'on cause, dit M. Verdebois. C'est la maîtresse de Matilda. Elle aurait des nouvelles à nous donner à propos de la gosse.

– Je m'appelle Jennifer Candy, dit Mlle Candy. Comment allez-vous, madame Verdebois ?

Mme Verdebois la foudroya du regard :

– Eh ben, quoi, qu'est-ce qui ne va pas ?

Personne n'ayant invité Mlle Candy à s'asseoir, elle prit donc une chaise et s'installa.

– C'était la première journée de votre fille à l'école, dit-elle.

– Oui, on le sait, grogna Mme Verdebois aux cent coups à l'idée de rater son feuilleton. C'est tout ce que vous avez à nous dire ?

Mlle Candy plongea son regard dans les yeux gri-
sâtres de son interlocutrice et laissa le silence se pro-
longer jusqu'à ce que Mme Verdebois s'agitât, mal à
l'aise.

— Voulez-vous que je vous explique pourquoi je suis
venue ?

— Eh bien, allez-y, fit Mme Verdebois.

— Vous savez sûrement, dit Mlle Candy, que les
enfants dans cette classe ne savent, en principe, ni lire,
ni épeler, ni compter à leur arrivée. Les petits de cinq
ans en sont incapables, mais Matilda, elle, peut faire
tout cela. Et, à l'en croire...

— La croyez pas, coupa Mme Verdebois.

Elle ne décolérait pas d'être privée du son de la télé.

— Alors, reprit Mlle Candy, elle mentait donc quand
elle me disait que personne ne lui avait appris à faire
des multiplications ou à lire ! Est-ce l'un de vous deux
qui lui a appris...

– Appris quoi ? demanda M. Verdebois.

– A lire. A lire des livres, dit Mlle Candy. Peut-être est-ce vous qui l'avez initiée, peut-être mentait-elle. Peut-être avez-vous des étagères chargées de livres dans toute la maison. Est-ce que je sais ? Peut-être êtes-vous tous les deux de grands lecteurs.

– Bien sûr qu'on lit, dit M. Verdebois. Faites pas tant de chichis. Moi, je lis *L'Automobile* et *Moteurs* toutes les semaines, de A à Z.

– Cette petite a déjà lu un nombre étonnant de livres, reprit Mlle Candy. Je voulais simplement savoir si elle venait d'une famille qui aimait la bonne littérature.

– Nous, on n'est pas pour la lecture des livres, dit M. Verdebois. C'est pas en restant assis sur ses fesses et en bouquinant qu'on gagne sa vie. Des bouquins, chez nous, y en a pas !

– Je vois, dit Mlle Candy. Enfin, je suis seulement venue vous dire que Matilda est particulièrement douée. Mais je suppose que vous le saviez déjà.

– Évidemment, je savais qu'elle savait lire, intervint la mère. Elle passe sa vie, enfermée dans sa chambre, à se farcir la tête d'un tas de sottises.

– Mais ça ne vous étonne pas, insista Mlle Candy, qu'une petite fille de cinq ans lise de longs romans de Dickens ou d'Hemingway ? Ça ne vous fait pas bondir de joie ?

– Pas spécialement, dit la mère. Les intellectuelles, j'en ai rien à faire. Une gamine doit penser à se faire belle pour pouvoir décrocher plus tard un bon mari. C'est plus important que les livres, ça, mademoiselle Condé.

– Mon nom est Candy, dit Mlle Candy.

– Tenez, regardez-moi simplement, dit Mme Verdebois. Et puis, regardez-vous. Vous avez choisi les livres, moi, j'ai choisi de bien vivre.

Mlle Candy considéra la créature adipeuse, au visage de pudding graisseux, affalée devant elle.

– Vous avez dit ? demanda-t-elle.

– J'ai dit que vous aviez choisi les livres, et que moi, j'ai choisi de bien vivre, répéta Mme Verdebois. Et qui s'en sort le mieux des deux, hein ? Moi, pardi ! Bien installée dans une jolie maison avec un homme d'affaires prospère, et vous obligée de vous échiner à seriner B A Ba à un tas de sales petits morveux.

– T'as raison, ma cocotte, glapit M. Verdebois, posant sur sa femme un regard d'une telle veulerie larmoyante qu'il aurait rendu malade même un chacal.

Il devenait évident que si Mlle Candy voulait obtenir la moindre concession de gens pareils, elle ne devait surtout pas perdre son sang-froid.

– Je ne vous ai pas encore tout dit, reprit-elle. Matilda, pour autant que j'aie pu en juger, est un véritable génie mathématique. Elle est capable de multiplier instantanément des nombres compliqués.

– Et à quoi ça sert quand on peut se payer une calculette ? grogna M. Verdebois.

– C'est pas avec sa cervelle qu'une fille va dégoter un homme, dit Mme Verdebois. Tenez, regardez cette vedette de cinéma, ajouta-t-elle en désignant le petit écran silencieux où une jeune femme au buste avantageux se laissait enlacer par une sorte de déménageur, au clair de lune. Vous n'allez pas me dire que c'est en lui jetant des chiffres à la figure qu'elle l'a tombé ? Pas de danger. Et maintenant, il va l'épouser, ça ne fait pas un pli, et elle va vivre dans un palais avec un maître d'hôtel et des tas de femmes de chambre.

Mlle Candy avait peine à en croire ses oreilles. Elle connaissait par ouï-dire l'existence de tels parents et savait que leurs enfants devenaient immanquablement de jeunes délinquants – voire des marginaux –, mais d'en rencontrer un couple en chair et en os ne l'en bouleversait pas moins.

– L'ennui, avec Matilda, reprit-elle, s'obstinant malgré tout à suivre son idée, c'est qu'elle est tellement en avance sur les autres que cela vaudrait la peine de lui faire donner des leçons particulières. Je crois sérieusement que, dans deux ou trois ans, secondée de façon adéquate, elle pourrait atteindre le niveau de l'université.

– L'université ? hurla M. Verdebois en bondissant de son fauteuil. Mais, sciure de bois, qu'est-ce que vous me chantez avec votre université ! Tout ce qu'on y apprend, c'est des mauvaises habitudes.

– Pas du tout ! rétorqua Mlle Candy. Si vous aviez une crise cardiaque à cet instant même et qu'il faille appeler un docteur, ce docteur aurait un titre universitaire. Si vous étiez poursuivi pour avoir vendu une voiture d'occasion pourrie, il vous faudrait un avocat qui, lui aussi, serait diplômé de l'université. Ne méprisez pas les gens instruits, monsieur Verdebois. Et comme je vois que nous n'allons pas pouvoir tomber d'accord, excusez-moi d'avoir fait irruption chez vous de cette façon.

Là-dessus, elle se leva de sa chaise et sortit de la pièce.

M. Verdebois l'accompagna jusqu'à la porte d'entrée.

– Merci d'être venue, mademoiselle Condé... non, Caddie, peut-être... ?

– Ni l'un ni l'autre, dit Mlle Candy, mais c'est sans importance.

Et, sur ces dernières paroles, elle s'en alla.

La méthode
Legourdin

L'un des agréments de Matilda tenait à ce que, si on la rencontrait par hasard et qu'on bavardait avec elle, on pouvait la prendre pour une petite fille de cinq ans tout à fait normale. Elle ne donnait pratiquement aucun signe de son génie et n'essayait jamais d'épater les autres. « Voilà une petite fille aussi tranquille que raisonnable », auriez-vous pensé. Et, à moins d'entamer avec elle, pour une raison ou une autre, une discussion sur la littérature ou les mathématiques, jamais vous ne vous seriez douté de ses facultés mentales exceptionnelles.

Matilda n'avait donc nulle peine à se faire des amis parmi ses petits camarades. Tous les élèves de sa classe l'aimaient. Certes, ils savaient qu'elle était très forte parce qu'ils n'avaient pas oublié la façon dont elle avait répondu aux questions de Mlle Candy le premier jour de la classe. Et ils savaient aussi qu'elle était autorisée à rester assise dans un coin avec un livre pendant le cours sans faire attention à la maîtresse. Mais les enfants de cet âge ne s'interrogent pas trop sur le pourquoi des choses. Ils sont trop absorbés par tous leurs petits problèmes personnels pour se soucier des faits et gestes des autres et de leurs motivations.

Parmi les nouveaux amis de Matilda se trouvait la fillette appelée Anémone. Dès le premier jour, les deux enfants ne s'étaient pas quittées pendant les récréations du matin et de midi. Anémone, particulièrement petite pour son âge, était une sorte de mauviette aux yeux marron foncé, avec une frange de cheveux bruns sur le front. Matilda l'aimait parce qu'elle était intrépide et aventureuse. Et Anémone aimait Matilda exactement pour les mêmes raisons.

Avant même la fin de la première semaine, des histoires terrifiantes sur la directrice, Mlle Legourdin, étaient parvenues aux oreilles des nouvelles venues. Le troisième jour, pendant la récréation du matin, Matilda et Anémone furent abordées par une sauterelle de dix ans avec un bouton sur le nez, du nom d'Hortense.

– Vous êtes des pouillardes, hein ! fit Hortense en les toisant de toute sa hauteur.

– Des pouillardes ? demanda Matilda.

– Des nouvelles, quoi !

Elle mâchait des chips qu'elle sortait d'un vaste sac de papier et enfournait par poignées dans sa bouche.

– Bienvenue au pénitencier, ajouta-t-elle en soufflant des fragments de frites qui tombèrent devant elle tels des flocons de neige.

Les deux fillettes, impressionnées par cette géante, gardèrent un silence prudent.

– Vous avez pas encore fait connaissance avec la mère Legourdin ? demanda Hortense.

– On l'a aperçue à la rentrée, répondit prudemment Anémone, mais on la connaît pas.

– Vous perdez rien pour attendre, reprit Hortense, elle peut pas blairer les tout-petits. Autrement dit, votre classe et tous ceux qu'en font partie. Pour elle, les mômes de cinq ans, c'est des larves qui sont pas encore sorties de leur cocon.

Et, hop ! elle engouffra une nouvelle poignée de chips. Flop, flop, flop, firent les miettes surgissant de sa bouche alors qu'elle précisait :

— Si vous tenez le coup un an, vous arriverez peut-être à aller jusqu'au lycée ; mais y en a beaucoup qui craquent ! On les emmène, hurlaaantes, sur des civières. Combien de fois j'ai vu ça...

Hortense fit une pause pour juger de l'effet de ses révélations sur les deux microbes. Un effet, à l'évidence, très limité. Car elles n'avaient pour ainsi dire pas pipé. La grande décida donc de les régaler d'horreurs supplémentaires :

— Je suppose que vous savez que la mère Legourdin a un placard dans son appartement qu'on appelle l'Étouffoir. Vous en avez entendu parler, de l'Étouffoir ?

Matilda et Anémone secouèrent la tête sans quitter des yeux la géante. Avec leur taille lilliputienne, elles avaient tendance à se méfier de toute créature plus grande qu'elles, surtout des élèves de la classe supérieure.

— L'Étouffoir, poursuivit Hortense, c'est donc un placard très haut, mais très étroit. Le fond n'a pas plus de vingt-cinq centimètres de côté, ce qui fait qu'on ne peut ni s'y asseoir ni s'accroupir. Il faut rester debout. Les trois autres sont des murs de ciment avec des éclats de verre qui dépassent, ce qui empêche de s'y appuyer. On est obligé de se tenir comme au garde-à-vous tout le temps, là-dedans. C'est terrible.

— On ne peut pas s'appuyer à la porte ? demanda Matilda.

– Tu rêves ! dit Hortense. La porte, elle est pleine de clous pointus qui ressortent, des clous plantés de l'extérieur, sans doute par la mère Legourdin.

– Tu y as déjà été enfermée ? s'enquit Anémone.

– Moi ? Six fois pendant mon premier trimestre, répondit Hortense. Deux fois pendant une journée entière et les autres fois pendant deux heures. Mais deux heures là-dedans, c'est déjà long. On n'y voit rien et si on se tient pas droit comme un piquet, ou si on se balance un peu, les bouts de verre des murs et les pointes des clous sur la porte vous rentrent dans la peau.

– Pourquoi on t'y a mise ? demanda Matilda. Qu'est-ce que tu avais fait ?

– La première fois, j'avais versé du sirop d'érable sur la chaise où Legourdin va s'asseoir pour faire l'étude. C'était formidable. Quand elle a posé ses fesses sur la chaise il y a eu un de ces gargouillis...

Comme l'hippopotame qui enfonce une patte dans la berge du grand fleuve Limpopo... Mais vous êtes trop mignardes et trop bêtes pour avoir lu les *Histoires comme ça,* non ?

— Moi, je les ai lues, dit Matilda.

— Menteuse ! fit Hortense, aimablement. Tu sais même pas lire. Mais ça fait rien. Quand Legourdin s'est assise dans le sirop, c'était trop beau à entendre ! Et quand elle a ressauté, la chaise lui est restée un moment collée au fond de son horrible culotte verte avant de se détacher lentement. Alors elle s'est pris le derrière à deux mains... Fallait voir ses mains qui dégoulinaient. Si vous l'aviez entendue brailler !

— Mais comment elle a su que c'était toi ? demanda Anémone.

— Un sale morpion, Paulo Siffloche, m'a caftée, maugréa Hortense. Je lui ai fait sauter trois dents !

— Et la mère Legourdin t'a mise à l'Étouffoir pendant toute une journée ? demanda Matilda d'une voix étranglée.

— Du matin au soir, appuya Hortense. Quand elle m'a laissée sortir, je tournais plus rond. Je bafouillais comme une détraquée.

— Et qu'est-ce que tu as fait d'autre pour être enfermée dans l'Étouffoir ? demanda Anémone.

— Oh, je me souviens pas de tout, répondit Hortense.

Elle parlait en prenant des mines de vieux guerrier qui a livré tellement de batailles que la bravoure est devenue, chez lui, une seconde nature.

— Ça remonte si loin, ajouta-t-elle en s'empiffrant de chips. Ah, si ! Je me rappelle un coup... Voilà ce qui s'est passé. J'avais choisi une heure où je savais que Legourdin faisait la classe des huitièmes, j'ai donc levé la main pour demander la permission d'aller aux toilettes. Mais, à la place, je me suis faufilée chez la mère Legourdin. J'ai farfouillé en vitesse dans sa commode et j'ai trouvé le tiroir où elle mettait ses affaires de gym...

– Continue, dit Matilda, fascinée. Qu'est-ce qui s'est passé ?

– Je m'étais fait envoyer par la poste du poil à gratter, reprit Hortènse. Ça coûte cinquante pence le paquet et ça s'appelle du ronge-couenne. D'après l'étiquette, c'est fait avec des dents de serpent venimeux réduites en poudre et garanti provoquer sur la peau des cloques grosses comme des noix. J'ai donc saupoudré l'intérieur de ses culottes et je les ai bien repliées dans le tiroir.

Hortense s'arrêta, le temps d'absorber un supplément de chips.

– Et ça a marché ? demanda Anémone.

– C'est-à-dire que deux ou trois jours après, reprit Hortense, pendant l'étude, Legourdin s'est mise à se gratter comme une dingue. Ah ! je me suis dit. Ça y est, elle s'est changée pour la gym. L'idée que j'étais la seule à savoir pourquoi elle faisait des bonds à se taper la tête au plafond, vous pensez si j'étais heureuse. Sans compter que je risquais rien. Personne pouvait me coincer. Ça la grattait de plus en plus ; elle ne pouvait plus s'arrêter. Sans doute qu'elle croyait avoir un nid de guêpes où je pense. Et là-dessus, la voilà qui se prend les fesses à pleines mains et sort en courant.

Anémone et Matilda étaient émerveillées. Pas d'erreur possible, elles se trouvaient en présence d'une championne, d'un crack de l'Expérience. Et non seulement cette fille était la reine du coup tordu, mais elle était prête à risquer gros pour arriver à ses fins. Les deux petites contemplaient cette déesse avec admiration. Le bouton dont s'ornait son nez n'était plus une disgrâce, mais témoignait de son courage.

– Mais comment elle t'a attrapée, cette fois-là ? demanda quand même Anémone, haletante d'émotion.

– Elle n'y est pas arrivée, répondit Hortense, mais j'ai eu droit à l'Étouffoir quand même.

– Pourquoi ? demandèrent-elles avec ensemble.

– Legourdin, expliqua Hortense, elle a une sale habitude, figurez-vous. Elle veut toujours deviner. Quand elle ne connaît pas le coupable, elle y va au flair et, le pire, c'est qu'elle tombe souvent juste. Ce coup-là, après l'histoire du sirop, j'étais la suspecte numéro un et, même sans aucune preuve, tout ce que j'ai pu dire n'a rien changé. J'ai eu beau crier : « Mais comment j'aurais fait ça, mademoiselle Legourdin ? Je ne savais même pas que vous aviez du linge à l'école !

Je ne sais même pas ce que c'est que le poil à gratter ! » J'ai eu beau faire, mes mensonges n'ont servi à rien. Legourdin m'a attrapée par une oreille, m'a traînée au pas de charge jusqu'à l'Étouffoir et m'y a bouclée. C'était la seconde fois que j'y passais. Une vraie torture. J'étais piquée et écorchée de partout quand je suis ressortie.

– Mais c'est comme la guerre ! s'exclama Matilda, horrifiée.

– Tu parles que c'est la guerre ! cria Hortense. Et les pertes sont terribles. Nous sommes les croisés, les vaillants paladins qui se battent presque à mains nues et, elle, Legourdin, c'est le prince des Ténèbres, c'est le démon du Mal, la Bête immonde avec toutes les armes de l'Enfer à sa disposition. Notre vie est un combat de tous les instants. Il faut s'entraider !

– Tu peux compter sur nous, affirma Anémone, s'efforçant d'étirer au maximum les quatre-vingt-quinze centimètres de sa taille.

– Bof, dit Hortense. Vous n'êtes que des crevettes ; mais on ne sait jamais. Un de ces jours, on vous trouvera peut-être une mission secrète à remplir.

– Et si tu nous en disais encore un peu plus sur elle ? suggéra Matilda. Tu veux, dis ?

– Il ne faut pas que je vous fasse trop peur. Après tout, vous êtes des nouvelles, se rengorgea Hortense.

– Ça ne risque rien, dit Anémone. On est petites mais on n'est pas dégonflées.

– Alors, écoutez-moi, dit Hortense. Hier encore, Legourdin a surpris un gamin qui s'appelle Jules Bigornot à manger de la réglisse pendant le cours d'écriture et elle l'a simplement attrapé par un bras et balancé dehors par la fenêtre ouverte de la classe. La classe est au premier et on a vu Jules Bigornot voltiger au-dessus du jardin comme un Frisbee et atterrir, avec un choc mou, au milieu des laitues. Après quoi, Legourdin s'est tournée vers nous et nous a dit : « A partir de maintenant, tout élève surpris à manger en classe passera par la fenêtre. »

– Et ce Jules Bigornot n'a rien eu de cassé ? demanda Anémone.

– Oh, deux, trois os seulement, dit Hortense. Faut se rappeler que Legourdin, dans le temps, elle a lancé le marteau pour l'Angleterre aux jeux Olympiques et qu'elle en est drôlement fière.

– Lancer le marteau, ça veut dire quoi ? demanda Anémone.

– Le marteau, expliqua Hortense, c'est une espèce de gros boulet de canon fixé au bout d'un fil et que le lanceur fait tourner au-dessus de sa tête de plus en plus vite avant de le lâcher. Pour y arriver, il faut avoir une force terrible. Legourdin, pour se maintenir en forme, lance n'importe quoi, spécialement des enfants.

– Mon Dieu ! dit Anémone.

– Il paraît, poursuivit Hortense, qu'un garçon est à peu près du même poids qu'un marteau olympique ; donc, pour s'exercer, il n'y a rien de tel que d'en avoir quelques-uns sous la main.

A cet instant survint un étrange phénomène. La cour de récréation, qui résonnait jusque-là des cris et des appels des enfants en train de jouer, devint soudain silencieuse comme un tombeau.

– Attention ! chuchota Hortense.

Matilda et Anémone détournèrent la tête et virent la silhouette gigantesque de Mlle Legourdin s'avançant à travers la foule des petits garçons et des petites filles à larges enjambées menaçantes. Les enfants s'écartaient précipitamment pour lui laisser le passage et sa progression sur l'asphalte du sol évoquait celle de Moïse franchissant la mer Rouge entre les deux murailles liquides. Certes, avec sa robe boutonnée, sa large ceinture et sa culotte verte, c'était une apparition biblique. Au-dessous de ses genoux, ses mollets moulés de bas verts saillaient comme des pamplemousses.

– Amanda Blatt ! tonna-t-elle. Oui, toi, Amanda Blatt, viens ici !

– Cramponnez-vous ! chuchota Hortense.

– Qu'est-ce qui va se passer ? murmura Anémone.

– Cette idiote d'Amanda a encore laissé pousser ses cheveux pendant les vacances et sa mère les a tressés en nattes. Quelle bêtise !

– Pourquoi ? demanda Matilda.

– S'il y a une chose que Legourdin ne supporte pas, c'est justement les nattes, dit Hortense.

Médusées, Matilda et Anémone virent la géante en culotte verte marcher sur une fillette d'une dizaine d'années dont les nattes aux reflets dorés flottant sur ses épaules s'ornaient à chaque extrémité de nœuds de satin bleu du plus gracieux effet. Amanda Blatt, figée sur place, regardait s'avancer la géante vers elle avec l'expression d'une personne coincée dans un champ contre une barrière tandis qu'un taureau furieux fonce sur elle. Les yeux dilatés de terreur, frémissante, paralysée, la fillette se disait sans doute que le jour du jugement dernier était venu pour elle.

Mlle Legourdin avait maintenant atteint sa victime et la dominait de toute sa hauteur.

– Quand tu reviendras à l'école demain, vociféra-t-elle, je veux que ces saletés de nattes aient disparu. Tu vas me les couper et les jeter à la poubelle, compris ?

Amanda, statufiée par la peur, parvint à balbutier :

– Mmm... maman les aime bbb... beaucoup. Elle me les ttt... tresse tous les mama... matins.

– Ta mère est une pochetée ! aboya Mlle Legourdin.

Elle pointa un index de la grosseur d'un saucisson sur la tête de l'enfant et brailla :

– Avec cette queue qui te sort du crâne, tu as l'air d'un rat !

– Mmm... man trouve ça tr... tr... très joli, mademoiselle, bégaya Amanda, tremblant comme une crème renversée.

– Je me fiche comme d'une guigne de ce que pense ta mère ! hurla Legourdin.

Sur quoi, elle se courba brusquement sur Amanda, empoigna ses deux nattes de la main droite, la souleva de terre et se mit à la faire tournoyer autour de sa tête de plus en plus vite, tout en criant :

– Je t'en ficherai, moi, des nattes, sale petit rat ! tandis que la petite fille s'époumonait de terreur.

– Souvenir des Olympiades, murmura Hortense. Elle accélère le mouvement, tout comme avec le marteau. Je vous parie 10 contre 1 qu'elle va la lancer.

Mlle Legourdin, cambrée en arrière et pivotant habilement sur la pointe des pieds, se mit à tourner sur elle-même tandis qu'Amanda tourbillonnait si vite qu'elle devenait invisible. Soudain, avec un puissant grognement, l'ex-championne du marteau lâcha les nattes et Amanda fila comme une fusée par-dessus le mur de la cour de récréation, s'élevant vers le ciel.

– Beau lancer ! cria quelqu'un de l'autre côté de la cour.

Et Matilda, pétrifiée devant cette exhibition démente, vit Amanda Blatt qui redescendait, décrivant une gracieuse parabole, au-delà du terrain de sport.

Le projectile vivant atterrit dans l'herbe, rebondit deux ou trois fois et s'immobilisa. Puis, à la stupeur générale, Amanda se mit sur son séant. Elle semblait un peu hébétée et personne n'aurait songé à le lui reprocher mais, au bout d'une minute environ, elle se remit sur pied et revint en trottinant vers l'école.

Campée au milieu de la cour de récréation, Legourdin s'époussetait les mains :

— Pas mal, fit-elle, malgré mon manque d'entraînement. Pas mal du tout.

Puis elle s'en alla.

— Elle est folle à lier, dit Hortense.

– Mais les parents ne se plaignent pas ? s'étonna Matilda.

– Ils se plaindraient, les tiens ? riposta Hortense. Je sais que les miens ne bougeraient pas. Les parents, elle les traite comme les enfants et ils en ont tous une peur bleue. A un de ces jours, vous deux.

Et elle partit d'un pas élastique.

Julien Apolon
et le gâteau

— Comment peut-elle s'en sortir sans ennuis ? dit Anémone à Matilda. Les enfants racontent sûrement ce qu'ils ont vu à leurs parents. Moi, je sais que mon père ferait un foin du diable s'il savait que la directrice m'a attrapée par les cheveux et balancée de l'autre côté de la cour.

— Il ne dirait rien, soupira Matilda. Et je peux t'expliquer pourquoi. C'est bien simple, il ne te croirait pas.

— Je te garantis qu'il me croirait.

— Non, soupira de nouveau Matilda. Et pour une bonne raison. Ton histoire paraîtrait trop invraisemblable pour être réelle. Voilà le grand secret de Legourdin.

— C'est-à-dire ? demanda Anémone.

— Il ne faut jamais rien faire à moitié si on ne veut pas se faire punir. Mettre le paquet. Passer les bornes. S'arranger pour pousser la dinguerie au-delà du croyable. Quel parent admettrait cette histoire de tresses ? Pas un seul, je te dis. En tout cas, les miens sûrement pas. Ils me traiteraient de menteuse.

— Dans ce cas-là, remarqua Anémone, la mère d'Amanda ne va pas lui couper ses nattes.

118

– Non, répondit Matilda, c'est Amanda qui le fera elle-même. Ça ne fait pas un pli.

– Tu crois qu'elle est folle ? demanda Anémone.

– Qui ?

– Legourdin.

– Non, elle n'est pas folle, répondit Matilda, mais elle est très dangereuse. Être élève ici, c'est comme d'être enfermée dans une cage avec un cobra. Il faut avoir de bons réflexes.

Un autre exemple de la férocité de la directrice les édifia dès le lendemain. Pendant le déjeuner, il fut annoncé que l'école au complet devrait se rassembler dans la grande salle de réunion dès la fin du repas.

Lorsque les quelque deux cent cinquante garçons et filles eurent pris place dans la salle, Mlle Legourdin monta sur l'estrade. Aucun des autres professeurs ne l'accompagnait. Dans sa main droite, elle tenait une cravache. Plantée au centre de l'estrade, jambes écartées, poings sur les hanches, elle promena un regard flamboyant sur la mer de visages levés vers elle.

– Qu'est-ce qui va se passer ? chuchota Anémone.

– Je ne sais pas, répondit Matilda sur le même ton.

Toute l'école semblait suspendue aux paroles de la directrice.

– Julien Apolon ! aboya brusquement Legourdin. Où est Julien Apolon ?

Une main se tendit parmi les enfants assis.

– Viens ici ! cria Legourdin. Et en vitesse !

Un jeune garçon de onze ans, rond et replet, se leva et, d'un pas décidé, gagna l'estrade qu'il escalada.

– Mets-toi là ! ordonna Legourdin, l'index pointé.

Le gamin obéit ; il paraissait nerveux. Il savait très bien qu'on ne l'avait pas fait venir pour lui décerner un prix. D'un œil méfiant, il surveillait la directrice, s'écartant d'elle à petits pas furtifs, battant en retraite comme un rat guetté par un fox-terrier. Son visage, mou et empâté, était devenu grisâtre d'appréhension. Ses chaussettes lui pendaient sur les chevilles.

— Ce *bubon*, tonna la directrice en braquant sur lui sa cravache comme une rapière, ce *furoncle*, cet *anthrax*, ce *flegmon pustuleux* que vous avez devant

vous est un misérable criminel, un rebut de la pègre, un membre de la mafia !

– Qui, moi ? fit Julien Apolon, l'air sincèrement ahuri.

– Un voleur ! hurla Mlle Legourdin. Un escroc, un pirate, un brigand, un coquin !

– Ah, dites donc ! fit le gamin. Tout de même...

– Nierais-tu, par hasard, misérable bourbillon ? Est-ce que tu plaiderais non coupable ?

– Je ne sais pas de quoi vous parlez, balbutia le gosse, plus éberlué que jamais.

– Je m'en vais te le dire de quoi je parle, espèce de petit mal blanc ! hurla de plus belle Mlle Legourdin. Hier matin, pendant la récréation, tu t'es glissé dans la cuisine comme un serpent et tu as volé une tranche de mon gâteau au chocolat sur mon plateau à thé ! Ce plateau qui venait d'être préparé exprès pour moi par la cuisinière. Mon en-cas du matin ! Quant au gâteau, il venait de mes provisions personnelles. Ce n'était pas le gâteau des élèves. Tu ne t'imagines tout de même pas que je vais manger les mêmes saletés que vous ? Ce gâteau était fait avec du vrai beurre et de la vraie crème ! Et lui, ce jeune forban, ce perceur de coffres, ce détrousseur de grand chemin que vous voyez là, avec ses chaussettes en tire-bouchon, il m'a volé mon gâteau et l'a mangé !

— C'est pas moi ! s'écria le gamin, virant du gris au blanc.

— Ne mens pas, Apolon ! aboya Mlle Legourdin. La cuisinière t'a vu. Et elle t'a même vu le manger.

Mlle Legourdin s'arrêta un instant pour essuyer l'écume qui lui moussait aux lèvres.

Lorsqu'elle reprit la parole, ce fut sur un ton soudain posé, doucereux, presque amical. Penchée sur le gamin, souriante, elle lui dit :

— Tu l'aimes bien, mon gâteau spécial au chocolat, hein, Apolon ? Il est bon et délicieux ?

— Très très bon, répondit le gamin.

Les mots lui avaient échappé malgré lui.

— Tu as raison, reprit Mlle Legourdin. Il est très très bon. Je crois donc que tu devrais féliciter la cuisinière. Quand un monsieur s'est régalé d'un repas succulent, Julien Apolon, il transmet toujours ses compliments au chef. Tu ne savais pas ça, hein ? Il est vrai que les gens qui fréquentent les criminels des bas-fonds ne sont pas réputés pour leurs bonnes manières.

Le gamin resta silencieux.

— Madame Criquet ! cria Mlle Legourdin, tournant la tête vers la porte. Venez ici, madame Criquet. Apo-

lon voudrait vous dire tout le bien qu'il pense de votre gâteau au chocolat !

La cuisinière, une asperge flétrie qui donnait l'impression d'avoir été soumise depuis belle lurette à une dessiccation totale dans un four brûlant, monta sur l'estrade. Elle portait un tablier blanc douteux et son apparition avait été visiblement organisée d'avance par la directrice.

– Allons, Julien Apolon, tonna Mlle Legourdin, dis à Mme Criquet ce que tu penses de son gâteau au chocolat.

– C'est très bon, marmonna le gamin.

Sans nul doute, il commençait à se demander ce qui l'attendait. Il n'avait qu'une certitude : la loi interdisait à Mlle Legourdin de le frapper avec la cravache dont elle se tapotait la cuisse à petits coups. Mais ce n'était qu'une maigre consolation car Mlle Legourdin était une personne imprévisible. Jamais l'on ne savait ce qu'elle allait inventer.

– Vous entendez, madame Criquet, cria Mlle Legourdin, Apolon aime votre gâteau. Il adore votre gâteau. En avez-vous un peu plus à lui donner ?

– Oh, oui, répondit la cuisinière.

Elle semblait avoir appris ses répliques par cœur.

– Alors, allez donc le chercher. Et apportez un couteau pour le couper.

La cuisinière s'éclipsa. Presque aussitôt, elle réapparut, ployant sous le poids d'un énorme gâteau au chocolat posé sur un plat de porcelaine. Ce gâteau avait bien quarante centimètres de diamètre et il était nappé d'un luisant glaçage à base de chocolat.

– Posez-le sur la table, dit Mlle Legourdin.

Il y avait, au centre de l'estrade, une petite table avec une chaise disposée derrière. La cuisinière plaça avec précaution le gâteau sur la table.

– Assieds-toi, Apolon, ordonna Mlle Legourdin. Assieds-toi ici.

Le gamin s'approcha à pas prudents de la table et s'assit. Puis il contempla le gâteau géant.

– Eh bien, voilà, Apolon, dit Mlle Legourdin, et de nouveau sa voix était sucrée, persuasive, presque onctueuse. Il est entièrement pour toi, ce gâteau. Comme tu avais tellement apprécié la tranche que tu as mangée, j'ai demandé à Mme Criquet de t'en préparer un énorme rien que pour toi.

– Ah... merci, fit le gosse, totalement ahuri.

– Remercie donc Mme Criquet.

– Merci, madame Criquet, dit le gamin.

La cuisinière restait plantée là, raide comme un passe-lacet, les lèvres serrées, l'air pincé. On aurait dit qu'elle avait la bouche pleine de jus de citron.

– Allez, vas-y, déclara Mlle Legourdin. Coupe-toi une belle tranche de ce gâteau pour le goûter.

– Quoi ? Tout de suite ? demanda le gamin, circonspect.

Tout cela cachait un piège, il s'en doutait. Mais quoi au juste ?...

– Je pourrais pas l'emporter chez moi ? demanda-t-il.

– Ce ne serait pas poli, répondit Mlle Legourdin avec un sourire rusé. Tu dois montrer à notre bonne cuisinière que tu la remercies de tout le mal qu'elle s'est donné.

Le gamin ne bougea pas.

– Allons, vas-y, je te dis, reprit Mlle Legourdin. Coupe-toi une tranche et mange. On n'a pas toute la journée.

Le gamin saisit le couteau et, à l'instant où il allait entamer le gâteau, retint son geste. Il considéra le gâteau, leva les yeux vers Mlle Legourdin, puis vers la cuisinière filiforme, à la bouche en cul de poule. Tous les enfants rassemblés attendaient, sur le qui-vive, qu'il se passe quelque chose. La mère Legourdin n'était pas du genre à offrir un gâteau au chocolat par pure générosité. Beaucoup supposaient qu'il était truffé de poivre, d'huile de foie de morue ou de toute autre substance répugnante propre à rendre celui qui en mangeait malade comme un chien. Peut-être même s'agissait-il d'arsenic, auquel cas il tomberait mort en dix secondes pile. A moins que le gâteau ne fût piégé et qu'il n'explosât au premier contact du couteau, emportant avec ses débris le cadavre déchiqueté de Julien Apolon. Personne, à l'école, ne doutait que Mlle Legourdin fût capable des pires excès.

– Je veux pas le manger, dit le gamin.

– Goûte-le tout de suite, petit morveux, hurla Mlle Legourdin. Tu insultes Mme Criquet.

Très délicatement, le gamin coupa une mince part du gâteau, la souleva, reposa le couteau, saisit la tranche collante entre ses doigts et se mit à la mastiquer sans hâte.

— C'est bon, hein ?

— Très bon, dit le gamin en mâchant avec application.

Puis il finit la tranche.

— Prends-en une autre !

— Ça suffit, merci, murmura le gamin.

— J'ai dit : prends-en une autre ! répéta Mlle Legourdin. Mange une autre tranche ! Fais ce qu'on te dit !

— J'en veux pas d'autre, dit le gamin.

Alors Mlle Legourdin explosa !

— Mange ! hurla-t-elle en se frappant la cuisse de sa cravache. Si je te dis de manger, tu manges ! Tu voulais du gâteau. Tu as volé du gâteau ! Et, maintenant, tu es servi. Et tu vas le manger. Tu ne quitteras pas cette estrade et personne ne sortira de cette salle avant que tu aies mangé entièrement le gâteau posé devant toi ! Tu as bien compris, Apolon, c'est bien clair ?

Le gamin regarda Mlle Legourdin. Puis il baissa les yeux sur l'énorme gâteau.

– Mange ! Mange !

Très lentement, le gamin se coupa une deuxième tranche et se mit à la manger. Matilda était fascinée.

– Tu crois qu'il pourra y arriver ? chuchota-t-elle à Amanda Blatt.

– Non, répondit Amanda sur le même ton. C'est impossible. Il sera malade avant d'être arrivé à la moitié.

Le gamin continuait à mâcher. Quand il eut fini la deuxième tranche, il regarda Mlle Legourdin, hésitant.

– Mange ! hurla-t-elle. Les petits voleurs gloutons qui aiment les gâteaux doivent les manger ! Mange plus vite ! Plus vite ! On ne va pas passer la journée ici ! Et ne t'arrête pas comme ça ! La prochaine fois que tu t'arrêtes avant d'avoir tout fini, tu auras droit à l'Étouffoir ; je te boucle dedans et je jette la clef dans le puits !

Le gamin se coupa une troisième tranche et entreprit de l'avaler. Il acheva cette dernière plus rapidement que les deux précédentes et à peine eut-il fini qu'il prit le couteau pour se couper une nouvelle tranche. De façon étrange, il donnait l'impression d'avoir trouvé son rythme de croisière.

Matilda, qui l'observait avec attention, n'avait encore remarqué chez lui aucun signe de fléchissement. Il paraissait même plutôt prendre peu à peu confiance.

— Dis donc, il s'en tire pas mal, souffla-t-elle à Anémone.

— Il sera bientôt malade, murmura Anémone. Ça va être affreux.

Lorsque Julien Apolon eut réussi à absorber la moitié du gâteau géant, il s'arrêta deux ou trois secondes et prit quelques profondes inspirations.

Mlle Legourdin, poings aux hanches, le fusillait des yeux :

— Continue ! cria-t-elle. Allez, mange !

Soudain, le gamin laissa échapper un énorme rot qui se répercuta dans la grande salle comme un roulement de tonnerre. De nombreux rires s'élevèrent dans l'assistance.

— Silence ! cria Mlle Legourdin.

Le gamin se tailla une autre tranche de gâteau et se mit à la manger rapidement. Il paraissait toujours d'attaque. En tout cas, il n'était certainement pas près de déclarer forfait et de s'écrier : « Je ne peux plus ! Je ne peux plus manger ! Je vais être malade ! » Bref, il était encore dans la course.

Alors, un changement subtil se fit jour parmi les deux cent cinquante enfants, témoins de la scène. Un peu plus tôt, ils flairaient l'imminence du désastre. Ils s'étaient préparés à une scène pénible où la malheureuse victime, bourrée de gâteau jusqu'aux sourcils, devrait jeter bas les armes et demander grâce ; après quoi, Legourdin, triomphante, enfournerait sans pitié tout le reste du gâteau dans le gosier du gamin suffocant.

Mais, tout au contraire, Julien Apolon avait franchi les trois quarts du chemin et continuait à mastiquer gaillardement. On sentait qu'il commençait à se faire plaisir. Il avait une montagne à gravir et, par le diable, il en atteindrait le sommet, quitte à mourir pendant sa tentative. De plus, il se rendait maintenant clairement compte qu'il tenait son public en haleine et que, sans le montrer, ce public faisait bloc avec lui. Il ne s'agissait plus maintenant que d'une bataille entre lui et la puissante mère Legourdin.

Soudain, quelqu'un cria :

– Vas-y, Juju ! Tu y arriveras !

Mlle Legourdin pivota sur elle-même et brailla :

– Silence !

L'assistance n'en perdait pas une miette. Tous avaient pris parti dans le duel en cours. Ils mouraient d'envie d'applaudir mais n'osaient pas s'y décider.

– Je crois bien qu'il va y arriver, susurra Matilda.

– Je le pense aussi, répondit Anémone. Jamais je n'aurais cru quelqu'un capable de manger tout seul un gâteau de cette taille-là.

– Legourdin n'y croyait pas non plus, chuchota

Matilda. Regarde-la. Elle devient de plus en plus rouge. S'il gagne, elle va le tuer, c'est sûr.

Le gamin commençait à ralentir, c'était indiscutable, mais il continuait néanmoins à enfourner les bouchées de gâteau avec la persévérance d'un coureur de fond qui a entrevu la ligne d'arrivée et sait qu'il doit tenir jusqu'au bout. Lorsqu'il eut avalé la toute dernière bouchée, une formidable ovation monta de l'assistance. Les enfants sautaient sur leurs chaises, poussaient des cris, applaudissaient et s'époumonaient :

– Bravo, Juju ! T'as gagné, Juju ! A toi la médaille d'or !

Mlle Legourdin se tenait immobile sur l'estrade ; son large visage chevalin avait pris la couleur de la lave en fusion et ses yeux étincelaient de fureur. Elle fixait un regard meurtrier sur Julien Apolon qui, affalé sur sa chaise comme une outre pleine à craquer, à demi comateux, était incapable de bouger ou de parler. Une mince pellicule de transpiration luisait sur son front, mais un sourire de triomphe illuminait son visage.

Brusquement, elle plongea en avant, empoigna le vaste plateau de porcelaine qui ne portait plus que des traces de chocolat, le brandit au-dessus d'elle et l'abattit avec violence sur le crâne de Julien Apolon, plongé dans l'hébétude. Des éclats de porcelaine voltigèrent de tous côtés.

Le gamin était à ce point bourré de gâteau qu'il avait acquis la consistance d'un sac de ciment humide et même un marteau-pilon l'eût à peine entamé. Il se contenta de secouer la tête deux ou trois fois sans cesser de sourire.

– Va te faire pendre ! hurla Mlle Legourdin.

Et elle quitta l'estrade à grandes enjambées, la cuisinière sur les talons.

Anémone

Au milieu de la première semaine du premier trimestre de Matilda, Mlle Candy déclara à ses élèves :

– J'ai des nouvelles importantes pour vous. Alors, écoutez-moi bien. Toi aussi, Matilda. Pose ce livre un instant et ouvre tes oreilles.

Tous les visages se levèrent vers elle, attentifs.

– C'est l'habitude de la directrice, poursuivit Mlle Candy, de prendre la place des professeurs une fois par semaine dans chacune des classes de l'école. L'heure et le jour sont fixés d'avance. Pour nous, c'est toujours à deux heures le jeudi tout de suite après le déjeuner. Donc, demain à deux heures, Mlle Legourdin va donner le cours à ma place. Je serai présente, bien sûr, mais seulement comme un témoin silencieux. Vous avez bien compris ?

– Oui, mademoiselle Candy, gazouillèrent les élèves en chœur.

– Maintenant, que je vous prévienne, dit Mlle Candy. La directrice est très stricte pour tout. Veillez bien à ce que vos vêtements, vos visages et vos mains soient propres. Ne parlez que si on vous adresse la parole. Si on vous pose une question, levez-vous avant de répondre. Ne discutez jamais avec elle. Ne la défiez pas. N'essayez pas d'être drôles. Si vous prenez ce risque, vous la mettrez en colère, et quand la directrice est en colère, il vaut mieux se méfier.

– Tu parles, murmura Anémone.

– Je suis certaine, reprit Mlle Candy, qu'elle vous interrogera sur ce que vous avez appris cette semaine, c'est-à-dire la table de multiplication par 2. Je vous conseille donc de la réviser ce soir en rentrant chez vous. Demandez à votre père ou à votre mère de vous la faire réciter.

– Qu'est-ce qu'elle nous demandera d'autre ? questionna une voix.

– Elle vous fera épeler les mots. Tâchez de vous rappeler ce que vous avez appris ces derniers jours. Ah, encore une chose : il doit toujours y avoir un verre et un pichet d'eau prêts sur la table pour la directrice quand elle vient faire les cours. Alors qui va veiller à les préparer ?

– Moi, répondit Anémone.

– Très bien, Anémone, dit Mlle Candy. Tu seras donc chargée d'aller à la cuisine, d'y prendre le pichet, de le remplir et de le mettre sur la table avec un verre propre avant le début de la classe.

– Et si le pichet n'est pas dans la cuisine ?

– Il y a une douzaine de pichets et de verres pour la directrice à la cuisine, dit Mlle Candy. Ils servent dans toute l'école.

– Je n'oublierai pas, dit Anémone, c'est promis.

Déjà l'esprit industrieux d'Anémone envisageait les possibilités que pouvait lui offrir la tâche dont elle s'était chargée. Elle rêvait d'accomplir un geste héroïque. Hortense, son aînée, lui inspirait une admi-

ration sans bornes pour les exploits qu'elle avait réalisés à l'école. Elle admirait également Matilda qui lui avait fait jurer le secret sur l'histoire du perroquet fantôme ainsi que sur celle de la lotion capillaire qui avait décoloré les cheveux de son père. C'était à son tour maintenant de devenir une héroïne, à condition de mettre au point une machination ingénieuse.

En rentrant de l'école cet après-midi-là, elle commença à passer en revue les diverses possibilités qui s'offraient à elle et lorsque enfin lui surgit à l'esprit le germe d'une brillante idée, elle entreprit d'établir son plan avec le même soin que le duc de Wellington avait mis à préparer la bataille de Waterloo. Certes, dans le cas présent, l'ennemi n'était pas Napoléon. Mais jamais, à l'école de Lamy-Noir, quelqu'un n'avait admis que la directrice était un adversaire moins formidable que le fameux empereur français. Il faudrait faire preuve d'une grande dextérité, se dit Anémone, et observer un secret absolu si elle voulait sortir vivante de sa téméraire entreprise.

Au fond du jardin d'Anémone se trouvait une mare plutôt boueuse où vivait une colonie de tritons. Le triton, quoique assez répandu dans les étangs d'Angleterre, reste en général invisible aux humains car c'est une créature timide et craintive. D'une laideur repoussante, le triton ressemble un peu à un bébé crocodile, mais avec une tête plus courte. En dépit de son aspect rébarbatif, il est parfaitement inoffensif. Long d'une douzaine de centimètres, visqueux, avec une peau gris verdâtre sur le dessus et un ventre orange, c'est un amphibien qui peut vivre dans et hors de l'eau.

Ce soir-là, Anémone gagna le fond du jardin, résolue à pêcher un triton. Ce sont des petites bêtes agiles et rapides, difficiles à attraper. Elle attendit donc patiemment sur le bord de voir apparaître un des habitants de la mare. Puis, utilisant son chapeau de paille en guise de filet, elle réussit à en capturer un. Elle avait garni son plumier d'herbes aquatiques prêtes à recevoir la bestiole, mais elle constata qu'il était bien difficile de sortir du chapeau le triton qui gigotait et se tortillait comme un diable, d'autant que son plumier était à peine plus grand que le batracien. Lorsqu'elle eut enfin réussi à le faire entrer dans la boîte, elle dut veiller à ne pas lui coincer la queue en faisant coulisser le couvercle. Un de ses petits voisins, Robert Soulat, lui avait dit que si on coupait la queue d'un triton, cette queue continuait à vivre et donnait

un triton dix fois plus gros que le premier. Il pouvait atteindre la taille d'un alligator. Anémone ne le croyait guère mais elle préférait éviter le risque d'une telle métamorphose. Finalement, elle parvint à refermer le couvercle du plumier puis, à la réflexion, le rouvrit d'un millimètre pour permettre à la bête de respirer.

Le jour suivant, elle transporta son arme secrète à l'école dans son cartable. Au comble de l'excitation, elle grillait d'envie de raconter à Matilda son plan de bataille. En fait, elle aurait voulu l'expliquer à toute la classe. Mais, pour finir, elle décida de le garder pour elle seule. Cela valait beaucoup mieux car, même sous la pire torture, personne ne pourrait la dénoncer.

Vint l'heure du déjeuner. Il y avait au menu ce jour-là des saucisses accompagnées de haricots blancs, l'un des plats préférés d'Anémone ; mais elle était incapable d'avaler la moindre bouchée.

– Tu ne te sens pas bien, Anémone ? demanda Mlle Candy en bout de table.

– J'ai pris un petit déjeuner énorme, expliqua Anémone. Vraiment, je suis incapable de manger.

Le repas terminé, elle se précipita à la cuisine et y trouva l'un des fameux pichets de Mlle Legourdin. C'était un récipient ventru, de grès bleu verni. Anémone le remplit à moitié d'eau, le porta avec un verre dans la classe et posa les deux objets sur la table de la maîtresse. La classe était encore vide. Rapide comme l'éclair, elle sortit son plumier de son cartable et entrouvrit le couvercle. Le triton se tenait immobile. Avec précaution, elle leva le plumier au-dessus du goulot du pichet, dégagea le couvercle et fit tomber le triton dans le récipient. L'animal toucha l'eau avec un floc léger puis se trémoussa frénétiquement quelques secondes avant de s'immobiliser. Alors, pour que le triton se sentît moins dépaysé, Anémone versa également dans le pichet les herbes aquatiques dont elle lui avait fait un lit dans son plumier.

Le geste était accompli. Tout était prêt. Anémone remit ses crayons dans le plumier plutôt humide et le reposa à sa place habituelle sur son pupitre. Puis elle sortit rejoindre les autres dans la cour de récréation jusqu'à ce que sonne l'heure de la classe.

Le cours du jeudi

A deux heures pile, la classe entière était assemblée. Mlle Candy, après avoir constaté que la cruche et le verre n'avaient pas été oubliés, alla se placer, debout, au fond de la salle. Tout le monde attendait. Soudain la gigantesque silhouette de la directrice avec sa robe sanglée à la taille et sa culotte verte apparut dans l'encadrement de la porte.

– Bonjour, les enfants, aboya-t-elle.

– Bonjour, mademoiselle Legourdin, gazouillèrent-ils.

La directrice, plantée devant les élèves, jambes écartées, poings sur les hanches, promena un regard furieux sur les petits garçons et les petites filles, assis, comme sur un gril, à leurs pupitres.

– Ah, vous n'êtes pas beaux à voir ! dit-elle avec une expression de profond dégoût comme si elle regardait une procession de limaces au milieu de la salle. Quel ramassis de répugnants cancrelats vous faites !

Chacun eut le bon sens de rester silencieux.

– Ça me fait vomir, enchaîna-t-elle, de penser que me voilà obligée de supporter un ramassis de déchets pareils dans mon école pour les six années à venir. Pas de doute, il faudra que j'élimine le plus grand nombre possible d'entre vous dans les plus brefs délais si je ne veux pas finir à l'asile !

Elle s'interrompit et se mit à émettre une série de renâclements. C'était un bruit curieux. On entendait un peu la même chose en parcourant une écurie à l'heure du repas des chevaux.

– Je suppose, reprit-elle, que vos pères et mères vous trouvent merveilleux. Eh bien, moi, je suis là pour vous garantir le contraire et je vous conseille de me croire. Debout, tout le monde !

Tous les élèves se mirent debout avec précipitation.

– Maintenant, tendez les mains en avant et, pendant que je passerai devant vous, vous me les montrerez des deux côtés que je voie si elles sont propres.

Mlle Legourdin se mit à marcher à pas lents le long des pupitres alignés, inspectant les mains tendues. Tout se passa bien jusqu'au moment où elle arriva à la hauteur d'un petit garçon, au deuxième rang.

– Toi, comment tu t'appelles ? demanda-t-elle.

– Victor.

– Victor, quoi ?

– Victor Patte.

– Victor Patte, quoi ? hurla Mlle Legourdin.

Elle lui avait soufflé à la figure avec une telle force qu'elle faillit faire passer le petit bonhomme par la fenêtre.

– Ben, c'est tout, dit Victor, sauf si vous voulez mes autres prénoms.

C'était un gamin courageux et l'on voyait bien qu'il s'efforçait de réprimer la peur que lui inspirait la redoutable gorgone penchée sur lui.

– Je ne veux pas tes autres prénoms, vermine ! hurla la gorgone. Comment est-ce que je m'appelle, moi ?

— Mlle Legourdin, répondit Victor.

— Alors sers-toi de mon nom quand tu me parles !
Maintenant recommençons. Comment t'appelles-tu ?

— Victor Patte, mademoiselle Legourdin.

— C'est mieux, dit Mlle Legourdin. Tu as les mains
sales, Victor. Quand les as-tu lavées pour la dernière
fois ?

— Attendez que je réfléchisse, répondit Victor. Je ne
me souviens pas très bien. Hier, peut-être... A moins
que ce soit avant-hier.

Le corps et le visage de Mlle Legourdin parurent se
dilater comme s'ils étaient gonflés par une pompe à
bicyclette.

– Je le savais ! tonna-t-elle. Je le savais dès le début que tu n'étais qu'une raclure d'évier ! Qu'est-ce qu'il fait ton père ? Il est égoutier ?

– Il est docteur, répondit Victor. Et même un très bon docteur. Il dit que, de toute façon, nous sommes tellement couverts de petites bêtes qu'un peu plus ou un peu moins de crasse n'y change pas grand-chose.

– Heureusement que ce n'est pas le mien, de docteur, rétorqua Mlle Legourdin. Et pourquoi, veux-tu me le dire, y a-t-il un haricot sur le devant de ta chemise ?

– Y en avait pour le déjeuner, mademoiselle Legourdin.

– Et, en général, c'est sur ta chemise que tu mets ton déjeuner, Victor ? C'est ça que t'a appris ton fameux docteur de père ?

– Les haricots, c'est pas facile à manger, mademoiselle Legourdin. Ils tombent toujours de ma fourchette.

– Répugnant ! vociféra Mlle Legourdin. Tu es un porteur de germes ambulant ! Je ne veux plus te voir aujourd'hui ! Va au coin, le nez au mur, debout sur une jambe.

– Mais... mademoiselle Legourdin.

– Ne discute pas avec moi, vermisseau, ou je t'oblige à te tenir sur la tête. Maintenant, obéis !

Victor s'exécuta.

– Et maintenant ne bouge plus, reprit-elle, pendant que je t'interroge pour voir ce que tu as appris cette semaine. Et ne tourne pas la tête pour me répondre. Reste face au mur que je ne voie pas ta sale bobine. Maintenant épelle-moi le mot « hockey ».

– Lequel ? demanda calmement Victor. Celui qu'on

joue avec une crosse ou celui qu'on a en avalant de travers ?

Il se trouvait que c'était un enfant particulièrement éveillé et auquel, à la maison, sa mère avait fait faire beaucoup de progrès en lecture.

– Celui qu'on joue avec une crosse, petit imbécile.

Victor épela le mot correctement, à la grande surprise de Mlle Legourdin. Elle croyait l'avoir collé avec un mot difficile qu'il n'avait pas encore appris, et son dépit n'en fut que plus grand de l'entendre donner une réponse exacte.

Là-dessus, Victor, toujours contre le mur en équilibre sur un pied, déclara :

– Mlle Candy nous a appris à épeler hier un nouveau mot très long.

– Et ce mot, c'est quoi ? demanda Mlle Legourdin d'une voix feutrée.

Plus sa voix s'adoucissait, plus grand était le danger, mais Victor refusait d'en tenir compte.

– « Difficulté », dit-il. Tout le monde dans la classe peut épeler « difficulté » aujourd'hui.

– Quelle sottise ! dit Mlle Legourdin. Vous n'êtes pas censés apprendre des mots comme ça avant huit ou neuf ans. Et toi, ne viens pas me raconter que tout le monde dans la classe peut épeler ce mot. Tu me dis des mensonges, Victor.

– Faites un essai, insista Victor, prenant des risques insensés. Avec n'importe qui.

Les yeux de la directrice, brillant d'un inquiétant éclat, se promenèrent sur l'ensemble de la classe.

– Toi, dit-elle pointant le doigt sur une petite fille à l'air borné du nom de Prudence, épelle le mot « difficulté ».

Étrangement, Prudence épela le mot sans faute et sans hésitation. Mlle Legourdin resta un instant médusée.

– Hmmmf ! fit-elle, méprisante. Et je suppose que Mlle Candy a perdu une heure de cours entière à vous apprendre à épeler un seul mot.

– Oh non ! répondit Victor d'une voix aiguë. Mlle Candy nous a appris le mot en trois minutes et nous ne l'oublierons jamais. Elle nous apprend des tas de mots en trois minutes.

– Et quelle est exactement cette méthode magique, mademoiselle Candy ? demanda la directrice.

– Je vais vous l'expliquer, claironna le valeureux Victor, venant au secours de Mlle Candy. Est-ce que je peux reposer mon autre pied et me retourner pour vous expliquer, s'il vous plaît ?

– Pas question ! aboya Mlle Legourdin. Garde la position et explique-moi.

– Très bien, dit Victor, vacillant sur sa jambe. Mlle Candy nous donne une petite chanson pour chaque mot ; nous la chantons tous ensemble et nous apprenons à épeler les mots en un rien de temps. Vous voulez entendre la chanson sur « difficulté » ?

– J'en serais ravie, déclara Mlle Legourdin d'une voix chargée de sarcasme.

– La voilà, dit Victor.

> *Mme D, Mme I, Mme FFI ;*
> *Mme C, Mme U, Mme LTÉ.*

Et voilà, ça fait « difficulté ».

– C'est grotesque ! aboya Mlle Legourdin. Pourquoi toutes ces femmes sont-elles mariées ? Et, d'ailleurs, vous n'avez pas à apprendre des poésies aux enfants quand vous les faites épeler. Qu'il n'en soit plus question à l'avenir.

– Mais cela permet de leur apprendre facilement quelques mots compliqués, murmura Mlle Candy.

– Ne discutez pas avec moi, Candy, tonna la directrice. Faites ce qu'on vous dit, c'est tout. Maintenant, je vais passer aux tables de multiplication et voir si vous leur avez appris quelque chose dans ce domaine.

Mlle Legourdin était revenue prendre sa place sur l'estrade, et son regard diabolique errait lentement sur les rangées de petits élèves.

– Toi ! aboya-t-elle, braquant l'index sur un petit garçon nommé Robert, au premier rang. Combien font 2 fois 7 ?

– 16, répondit Robert, étourdiment.

A pas comptés, Mlle Legourdin s'avança vers Robert, un peu comme une tigresse s'approchant d'une gazelle. Robert prit soudain conscience du danger qui le guettait et tenta un nouvel essai.

– Ça fait 18 ! cria-t-il. 2 fois 7 font 18.

– Espèce de limace ignare ! tonna Mlle Legourdin. Double zéro ! Ane bâté ! Triple buse !

Plantée juste devant Robert, elle tendit soudain vers lui une main de la taille d'une raquette de tennis et l'empoigna par les cheveux. Robert avait une abondante tignasse aux reflets dorés que sa mère, pleine d'admiration, ne pouvait pas se résoudre à sacrifier chez le coiffeur. Or Mlle Legourdin éprouvait la même aversion pour les cheveux longs chez les garçons que pour les jupes plissées et les nattes chez les filles, et elle allait en donner la preuve. Assurant sa prise sur la toison dorée de Robert de sa gigantesque main droite, elle tendit son bras musculeux, souleva le gamin sans défense au-dessus de sa chaise et le maintint, gigotant, en l'air.

Robert se mit à pousser des cris perçants. Il se tordait sur lui-même, se cambrait, ruait dans le vide, hurlait comme un cochon qu'on égorge tandis que Mlle Legourdin vociférait :

– 2 fois 7 14 ! 2 fois 7 14 ! Je ne te lâcherai pas avant que tu l'aies dit !

Du fond de la classe, Mlle Candy s'écria :

– Mademoiselle Legourdin ! Je vous en prie. Reposez-le par terre ! Vous lui faites mal ! Ses cheveux risquent d'être arrachés !

– Et c'est ce qui va arriver s'il ne cesse pas de se trémousser ! grogna Mlle Legourdin. Tiens-toi tranquille, asticot !

Quelle extraordinaire vision offrait cette directrice colossale secouant à bout de bras le gamin qui se contorsionnait, tournoyait comme un pantin au bout d'un fil tout en continuant à hurler comme un possédé !

– Dis-le ! tonna de nouveau Mlle Legourdin. Dis-le que 2 fois 7 font 14 ! Dépêche-toi ou je te secoue jusqu'à ce que tes cheveux soient arrachés et qu'on puisse rembourrer mon canapé avec ! Allons, je t'écoute ! Dis-moi 2 fois 7 14 et je te laisse aller.

– Deux f... fois s...sept qua...quatorze, bégaya Robert.

Sur quoi, la directrice, fidèle à sa parole, ouvrit la main et laissa tomber sa victime. Le gamin, heurtant le sol, y rebondit comme un ballon de football.

– Relève-toi et cesse de geindre ! aboya Mlle Legourdin.

Robert se remit sur pied et regagna son pupitre en se massant le crâne à deux mains. Mlle Legourdin retourna à sa place en face des élèves. Les enfants étaient immobiles, comme hypnotisés. Aucun d'eux n'avait encore été témoin d'une scène pareille. C'était un spectacle prodigieux, bien supérieur aux marionnettes, mais avec une différence considérable : dans cette salle de classe évoluait une énorme bombe humaine susceptible d'exploser à tout moment et de volatiliser l'un ou l'autre de ses jeunes spectateurs. Les enfants gardaient les yeux rivés sur la directrice.

– Je n'aime pas les petits, déclara-t-elle brusquement. Les petits devraient toujours rester invisibles. Il faudrait les enfermer dans des boîtes comme des épingles ou des boutons. Vraiment, je ne comprends pas pourquoi les petits mettent si longtemps à grandir. Ma parole, ils le font exprès pour m'embêter !

Un autre gamin, d'une bravoure peu commune, assis au premier rang, se risqua à demander :

– Mais, mademoiselle Legourdin, vous avez sûrement été petite autrefois ?

– Je n'ai jamais été petite ! aboya la directrice. J'ai toujours été grande et je ne vois pas pourquoi les autres sont incapables d'en faire autant.

– Mais vous avez bien dû commencer par être un bébé, insista le petit garçon.

– Moi, un bébé ! hurla Mlle Legourdin. Comment oses-tu dire une chose pareille ! Quel toupet ! Quelle insolence ! Comment t'appelles-tu ? Et lève-toi pour me répondre !

Le petit garçon obéit.

– Je m'appelle Éric Lencre, mademoiselle Legourdin, dit-il.

– Éric, quoi ? brailla Mlle Legourdin.

– Lencre, répéta l'enfant.

– Quelle sottise ! Ce nom-là n'existe pas !

– Regardez dans l'annuaire, dit Éric. Vous y trouverez mon père à « Lencre ».

– Bon, très bien, très bien. Tu es peut-être un Lencre, mais je te garantis une chose : tu n'es pas indélébile. Et j'aurai vite fait de t'effacer si tu essaies de faire le malin avec moi. Épelle-moi QUOI.

– Je ne comprends pas, dit Éric. Qu'est-ce que vous voulez que j'épelle ?

– Que tu épelles QUOI, idiot ! Le mot « quoi » !

– C.O.U.A., dit Éric, répondant trop vite.

Il y eut un long silence.

– Je te donne encore une chance, dit Mlle Legourdin sans bouger.

– Ah oui, je sais, dit Éric. C'est C.O.I., pas difficile.

En deux enjambées, Mlle Legourdin parvint derrière le pupitre d'Éric et s'y immobilisa comme une colonne menaçante dominant de sa masse le gamin éperdu. Éric jeta un coup d'œil anxieux par-dessus son épaule, vers le monstre.

– C'était bien ça, hein... balbutia-t-il.

– Non ! hurla la directrice, ce n'était pas ça ! Tu t'es trompé. Et si tu veux savoir, tu me fais l'effet d'être une de ces teignes purulentes qui font et feront toujours tout mal. Tu t'assieds mal ! Tu te tiens mal ! Tu parles mal ! Tout est mauvais chez toi ! Je te donne une dernière chance ! Épelle « quoi » !

Éric hésita. Puis très lentement, il déclara :

– Ce n'est pas C.O.U.A. ni C.O.I. Ah je sais, ça doit être K.O.I.T.

Campée derrière Éric, Mlle Legourdin avança les bras et saisit le gamin par les oreilles entre le pouce et l'index.

– Aïe ! cria Éric. Aïe ! Vous me faites mal !

– Je n'ai même pas commencé, ricana Mlle Legourdin.

Assurant alors sa prise sur les deux oreilles, elle souleva le gamin de sa chaise et le maintint en l'air devant elle.

Comme Robert avant lui, Éric se mit à pousser des hurlements de putois.

Du fond de la classe, Mlle Candy intervint à nouveau :

– Mademoiselle Legourdin ! s'écria-t-elle. Arrêtez !
Lâchez-le, je vous prie ! Ses oreilles pourraient se
déchirer !

– Elles ne risquent pas de se déchirer, riposta Mlle
Legourdin. Ma longue expérience, mademoiselle
Candy, m'a appris que les oreilles des petits garçons
étaient solidement attachées à leur tête.

– Lâchez-le, je vous en prie, implora Mlle Candy.
Vous pourriez réellement le blesser. Si jamais elles
s'arrachaient...

– Les oreilles ne s'arrachent jamais ! hurla Mlle
Legourdin. Elles s'étirent superbement comme elles le
font maintenant, vous voyez, mais je vous garantis
qu'elles ne vont pas se détacher !

Éric glapissait plus fort que jamais et pédalait frénétiquement dans le vide.

Matilda n'avait jamais vu jusque-là un petit garçon,
ou toute autre créature vivante, suspendu par les
oreilles. Comme Mlle Candy, elle était persuadée que,
d'un instant à l'autre, avec tout le poids qu'elles sup-
portaient, les oreilles d'Éric allaient se rompre.

La directrice continuait à vociférer.

– Ce mot « quoi » s'écrit Q.U.O.I. ! Maintenant, je
t'écoute !

Éric n'hésita pas. Il avait appris en regardant Robert
quelques instants plus tôt que plus vite on répondait,
plus vite on était libéré.

– Q.U.O.I., s'égosilla-t-il. Quoi s'épelle Q.U.O.I.

Le tenant toujours par les oreilles, Mlle Legourdin le
déposa sur sa chaise derrière son pupitre. Puis elle
revint se planter en face de la classe, s'époussetant les
mains comme si elle venait de les salir.

– Voilà comment on leur inculque le savoir, mademoiselle Candy, dit-elle. Croyez-moi, il ne suffit pas de leur dire les choses. Il faut les leur faire entrer de force dans la tête. Rien de tel que de les faire un peu danser en l'air pour stimuler leur mémoire et activer leur concentration d'esprit.

– Vous pourriez les handicaper pour la vie, mademoiselle Legourdin ! s'écria Mlle Candy.

– Oh, je n'en doute pas, répondit Mlle Legourdin en ricanant. C'est déjà arrivé. Les oreilles d'Éric se sont sûrement pas mal étirées en deux minutes. Elles seront nettement plus longues qu'avant. Mais quel mal à ça, je vous le demande ! Ça va lui donner une intéressante allure de lutin pour le reste de ses jours.

– Mais... mademoiselle Legourdin...

– Oh, taisez-vous, Candy ! Vous êtes aussi sotte que les autres. Si cet établissement ne vous convient pas, allez donc chercher un poste dans une de ces écoles privées de gosses de riches élevés dans du coton. Quand vous aurez enseigné aussi longtemps que moi, vous vous rendrez compte que ça ne vaut rien d'être gentil avec les enfants. Relisez *Nicholas Nickleby*, mademoiselle Candy, de M. Dickens. Rappelez-vous M. Wackford Squeers, l'admirable directeur de Dotheboys Hall. Il savait comment traiter ses petites brutes d'élèves, lui ! Il savait se servir des verges ! Il leur tenait l'arrière-train si bien au chaud qu'on aurait pu faire cuire dessus des œufs au bacon ! Voilà un bon livre ! Mais je ne pense pas que ce ramassis de bourriques le lira jamais car, à les voir, on peut penser que pas un ne sera jamais fichu de lire !

– Moi, je l'ai lu, dit Matilda d'un ton calme.

La tête de Mlle Legourdin pivota brusquement et la directrice lorgna avec attention la minuscule petite

fille brune aux yeux marron assise au deuxième rang.

– Qu'est-ce que tu as dit ! demanda-t-elle sèchement.

– Je dis que je l'ai lu, mademoiselle Legourdin.

– Lu, quoi ?

– *Nicholas Nickleby*, mademoiselle Legourdin.

– Vous mentez, mademoiselle ! vociféra Mlle Legourdin, foudroyant Matilda du regard. Il est probable qu'aucun élève de l'école ne l'a lu et toi, microbe, dans la plus petite classe, tu me racontes un mensonge pareil ! Pourquoi ? Dis-le-moi. Tu me prends pour une idiote ou quoi, hein ?

– Eh bien... commença Matilda, puis elle s'arrêta.

Elle aurait aimé dire : « Et comment ! » mais c'eût été un pur suicide.

– Eh bien... reprit-elle, se refusant à dire « non ».

Mlle Legourdin devina ce que pensait l'enfant et n'en conçut aucun plaisir.

– Debout quand tu me parles ! aboya-t-elle. Comment t'appelles-tu ?

Matilda se leva et répondit :

– Je m'appelle Matilda Verdebois, mademoiselle Legourdin.

– Verdebois ? Tiens, alors tu dois être la fille du patron du garage Verdebois.

– Oui, mademoiselle Legourdin.

– C'est un escroc ! cria Mlle Legourdin. Il y a une semaine, il m'a vendu une voiture d'occasion en prétendant qu'elle était presque neuve. Sur le moment, je l'ai trouvée très bien. Mais, ce matin, pendant que je roulais dans le village, la boîte de vitesses est tombée sur la chaussée ! Elle était pleine de sciure de bois ! Cet individu est un voleur, un forban. Et j'aurai sa peau à cette crapule, je te le garantis !

– Il est doué pour les affaires, dit Matilda.

– Doué, mon œil ! s'exclama Mlle Legourdin. Mlle Candy prétend que, toi aussi, tu es douée ! Eh bien, ma petite, je n'aime pas les gens doués ! Ce sont tous des faux jetons. Et toi, tu es certainement faux jeton. Avant de me laisser rouler par ton père, il m'en a appris de belles sur la façon dont tu te conduisais chez toi ! Mais ici, à l'école, je te conseille de te tenir tranquille. A partir de maintenant je vais t'avoir à l'œil, compte sur moi ! Rassieds-toi et boucle-la.

Le premier miracle

Matilda se rassit à son pupitre. Mlle Legourdin alla s'installer à la table de la maîtresse. C'était la première fois qu'elle s'asseyait depuis le début de la classe. Elle tendit alors la main et se saisit du pichet d'eau. Tenant le récipient par la poignée, mais sans le soulever, elle déclara :

— Jamais je n'ai compris pourquoi les petits enfants étaient si répugnants. Ils m'empoisonnent l'existence. Ils sont comme des insectes. On devrait s'en débarrasser le plus vite possible ; on élimine bien les mouches avec des bombes insecticides et des papiers tue-mouches. J'ai souvent pensé à inventer une bombe pour éliminer les petits. Quelle merveille ce serait de pouvoir circuler dans la classe avec un aérosol géant et d'arroser toute cette vermine ! Ou, encore mieux, d'accrocher au plafond d'énormes bandes de papier tue-mouches. J'en mettrais partout dans l'école, vous vous y retrouveriez tous collés et on n'en parlerait plus ! Qu'est-ce que vous dites de ça, mademoiselle Candy ?

— Si c'est une plaisanterie, madame la directrice, je ne la trouve pas très drôle, dit Mlle Candy du fond de la classe.

— Ah, vraiment ! Mais ce n'est *pas* une plaisanterie.

Pour moi, l'école parfaite, mademoiselle Candy, est celle où il n'y a pas d'enfants du tout. Un de ces jours, j'en ouvrirai une de ce genre. Je crois que ce sera une grande réussite.

« Cette femme est folle, songea Mlle Candy, c'est d'elle qu'il faudrait se débarrasser. »

Mlle Legourdin souleva alors le grand pichet de terre cuite bleue et versa un peu d'eau dans son verre. C'est alors, avec un *plop* mat, que le triton entraîné par le liquide fit un plongeon dans le verre.

Mlle Legourdin laissa échapper un glapissement et bondit comme si un pétard avait explosé sous sa chaise. Les enfants virent alors la longue créature à ventre jaune et semblable à un lézard qui tournoyait dans le verre et ils se mirent à leur tour à trépigner et à se contorsionner en criant :

– Ah la la ! Qu'est-ce que c'est ? Quelle horreur ! Un serpent ! Un bébé crocodile ! Un alligator !

– Attention, mademoiselle Legourdin, s'écria Anémone. Je parie qu'elle mord cette bête-là.

Mlle Legourdin, cette femme colossale, debout, avec sa culotte verte, tremblait comme une crème renversée. Que quelqu'un eût réussi à la faire bondir et crier ainsi alors qu'elle était si fière de son sang-froid la mettait dans une rage noire. Elle ne quittait pas des yeux l'étrange créature qui se tortillait dans son verre. Bizarrement, elle n'avait jamais vu de triton. L'histoire naturelle n'était pas son fort. Elle n'avait aucune idée de ce que pouvait être cette bestiole qui, en tout cas, n'avait rien de ragoûtant.

Avec lenteur, elle se rassit sur sa chaise. Peut-être n'avait-elle jamais paru aussi terrifiante qu'à cet instant. La haine et la fureur étincelaient dans ses petits yeux noirs.

– Matilda ! aboya-t-elle. Debout !

– Qui, moi ? dit Matilda. Qu'est-ce que j'ai fait ?

– Debout, petite blatte puante !

– Mais je n'ai rien fait, mademoiselle Legourdin. Sincèrement, jamais je n'ai vu une bête pareille !

– Debout tout de suite, cloporte !

A contrecœur, Matilda se mit sur ses pieds. Elle était au deuxième rang. Anémone, derrière elle, commençait à se sentir coupable. Elle n'avait jamais songé à causer des ennuis à son amie. D'un autre côté, elle n'allait certainement pas se dénoncer.

– Tu es une infecte, une abjecte, une méchante petite punaise ! hurla Mlle Legourdin. Tu n'as rien à faire dans cette école ! Derrière des barreaux, voilà où on devrait te mettre ! Je vais te faire expulser d'ici avec perte et fracas ! Te faire chasser dans les couloirs par les surveillants avec des crosses de hockey ! On te ramènera chez toi sous bonne garde ! Et, ensuite, je veillerai à ce qu'on t'expédie dans une maison de correction où tu resteras jusqu'à quarante ans !

Mlle Legourdin était tellement hors d'elle que son visage avait pris la couleur du homard bouilli, et que les commissures de ses lèvres se frangeaient d'écume. Mais elle n'était pas la seule à perdre tout contrôle d'elle-même. Matilda aussi commençait à voir rouge. Être accusée d'un méfait qu'elle avait effectivement commis ne la choquait nullement. Ce n'était après tout que justice. Mais se voir chargée d'un crime dont elle était parfaitement innocente était pour elle une expérience aussi nouvelle qu'inacceptable. « Par tous les diables de l'enfer, se dit-elle, ce vieux crapaud de Legourdin ne va pas me fourrer cette histoire sur le dos ! »

– Ce n'est pas moi ! hurla-t-elle.

– Oh si, c'est toi ! rugit Mlle Legourdin. Personne d'autre que toi n'aurait pu penser à me jouer un pareil tour de cochon. Ton père avait bien raison de me mettre en garde.

La directrice avait perdu tout contrôle d'elle-même. Elle était en plein délire.

– C'est terminé pour toi dans cette école, ma petite ! hurla-t-elle. C'est terminé pour toi partout ! Je veillerai à ce qu'on t'enferme dans un trou où même les corbeaux ne pourront jamais te retrouver ! Tu ne reverras sans doute jamais la lumière du jour.

– *Puisque je vous dis que ce n'est pas moi !* s'époumona Matilda. Jamais de ma vie je n'ai vu une bête comme ça !

– Tu as... tu as... mis un... crocodile dans mon eau !

vociféra Mlle Legourdin. C'est le pire affront qu'on puisse faire à une directrice d'école ! Maintenant rassieds-toi et ne dis plus un mot. Allez, tout de suite !

– *Mais puisque je vous répète...* cria Matilda, refusant de se rasseoir.

– Je t'ai dit de te taire ! Si tu ne la boucles pas immédiatement et que tu ne t'assieds pas, j'enlève ma ceinture et je te corrige avec la boucle !

Lentement, Matilda se rassit. Oh, quelle infamie ! Quelle injustice ! Comment pouvait-on la chasser pour une faute dont elle était innocente ! Matilda sentait monter en elle une fureur intense... De plus en plus intense... Si intense qu'elle se sentait au bord d'une explosion interne. Quant au triton, il se démenait toujours au fond du verre d'eau. Il ne semblait pas à son aise. Sans doute le verre était-il trop petit pour lui.

Matilda ne quittait pas la directrice des yeux. Comme elle la haïssait ! Enfin, elle regarda le verre avec le triton dedans. Elle mourait d'envie de se lever, de marcher droit vers la table, de saisir le verre et d'en verser le contenu, eau et triton, sur la tête de Legourdin. Puis elle frémit en songeant à ce que pourrait lui faire la directrice si jamais elle passait aux actes.

Assise à la table de la maîtresse, Mlle Legourdin considérait avec un mélange d'horreur et de fascination le triton qui se tortillait dans son verre. Matilda, elle aussi, gardait les yeux rivés sur le verre. Et, peu à peu, elle fut envahie d'une sensation tout à fait extraordinaire, une sensation qui se localisait surtout dans les yeux. Une sorte d'électricité semblait s'y accumuler. Un pouvoir indéfinissable s'y concentrait, une force irrésistible s'amassait au fond de ses orbites. En même temps, elle avait l'impression qu'émanaient de ses yeux de minuscules éclairs, des ondes lumineuses instantanées. Ses globes oculaires devenaient brûlants comme si une immense énergie s'y développait. C'était une sensation totalement inconnue. Comme elle ne quittait toujours pas le verre des yeux, elle sentit la puissance qui les habitait se fractionner en un double rayonnement, s'intensifier jusqu'à ce que lui vînt le sentiment que des millions de minuscules bras invisibles avec des mains au bout lui jaillissaient des yeux visant le verre qu'elle ne cessait d'observer.

– *Renversez-le !* murmura Matilda. *Renversez-le !*

Elle vit le verre vaciller légèrement, d'un demi-centimètre peut-être, puis retomber sur sa base. Elle continua à le pousser de ses millions de petites mains invisibles, sentant les faisceaux d'énergie s'élancer des deux petits points noirs situés au cœur de ses iris.

– *Renversez-le !* murmura-t-elle de nouveau. *Renversez-le !*

Encore une fois le verre vacilla. Elle poussa plus fort, concentrant plus que jamais toute sa volonté. Alors, très lentement, si lentement que le mouvement était à peine perceptible, le verre commença à s'incliner, à pencher de plus en plus, jusqu'à ce qu'il s'immobilise en équilibre précaire sur l'extrême bord de sa base. Il oscilla quelques secondes dans cette position puis bascula et s'abattit avec un tintement clair sur la table. L'eau et le triton qui se tortillait de plus belle

jaillirent sur Mlle Legourdin dont ils éclaboussèrent
l'énorme giron. La directrice laissa échapper un glapissement qui dut faire vibrer toutes les vitres de l'établissement et, pour la seconde fois en cinq minutes,
elle bondit de sa chaise comme une fusée. Le triton se
cramponnait désespérément au tissu de la robe auquel
s'accrochaient ses petites pattes griffues. Mlle Legourdin baissa les yeux, vit l'animal agrippé sur sa poitrine
et, hurlant de plus belle, elle expédia d'un revers de
main la créature aquatique à travers la classe. Le triton atterrit à côté du pupitre d'Anémone qui, preste-
ment, se pencha pour le récupérer et le remettre dans
son plumier pour la prochaine occasion. « Un triton,
se dit-elle, peut rendre bien des services. »

Mlle Legourdin, le visage plus congestionné que

jamais, restait plantée devant les élèves, frémissant d'une fureur sans bornes. Son énorme poitrine se soulevait et s'abaissait au rythme de ses halètements et, sous la sombre tache d'humidité qui s'étalait sur sa robe, l'eau avait dû pénétrer jusqu'à sa peau.

– *Qui a fait ça ?* rugit-elle. *Allons ! Avouez ! Cette fois vous n'y couperez pas ! Qui est responsable de ce coup monté ? Qui a poussé ce verre ?*

Personne ne répondit. La classe resta silencieuse, comme une tombe.

– Matilda ! vociféra-t-elle. C'est toi ! Je sais que c'est toi !

Matilda, au deuxième rang, ne souffla mot. Un curieux sentiment de sérénité se répandait en elle et, soudain, elle songea que plus personne au monde ne pouvait lui faire peur. Par le seul pouvoir de ses yeux, elle avait réussi à renverser un verre d'eau et à en répandre son contenu sur l'horrible directrice et, pour quelqu'un capable d'un tel prodige, tout était possible.

– Parle donc choléra ! rugit Mlle Legourdin. Avoue que c'est toi !

Matilda soutint le regard enflammé de la géante en furie et répondit avec un calme parfait :

– Je n'ai pas bougé de mon pupitre depuis le début de la classe, mademoiselle Legourdin. C'est tout ce que je peux dire.

Subitement, tous les élèves parurent se liguer contre la directrice.

– Elle n'a pas bougé ! crièrent-ils. Matilda n'a pas bougé du tout ! Personne n'a bougé ! Vous avez dû le renverser vous-même !

– Je ne l'ai sûrement pas renversé ! vociféra Mlle Legourdin. Comment osez-vous dire une chose pareille ! Mademoiselle Candy, parlez ! Vous avez dû voir quelque chose ! Qui a renversé mon verre ?

— Aucun des enfants, en tout cas, mademoiselle Legourdin, répondit Mlle Candy. Je peux vous garantir que pas un n'a bougé de sa place pendant tout le temps que vous étiez ici, à l'exception de Victor Patte qui est toujours dans son coin.

Mlle Legourdin jeta à Mlle Candy un regard mauvais. Mlle Candy ne cilla pas.

— Je vous dis la vérité, madame la directrice, reprit-elle, vous avez dû le renverser sans vous en rendre compte. Ce sont des choses qui arrivent...

— J'en ai plein le dos de votre ramassis de nabots ! rugit Mlle Legourdin. Je refuse de perdre une minute de plus de mon précieux temps ici !

Sur quoi, elle sortit à grands pas de la classe en claquant la porte derrière elle.

Dans le lourd silence qui suivit, Mlle Candy regagna sa place à sa table devant les élèves.

— Pfff ! fit-elle. Je crois que nous avons assez travaillé pour aujourd'hui, non ? La classe est finie. Vous pouvez sortir dans la cour de récréation et attendre que vos parents viennent vous chercher pour rentrer à la maison.

Le deuxième miracle

Matilda ne se joignit pas à ses camarades qui se pressaient pour sortir. Une fois tous les autres enfants partis, elle resta assise à son pupitre, immobile et songeuse. Elle savait qu'après l'extraordinaire affaire du verre d'eau il lui fallait parler à quelqu'un. Quelqu'un de confiance, adulte et compréhensif, qui l'aiderait à comprendre le sens et la portée d'un événement si fantastique.

Sa mère et son père, il n'y fallait pas songer. Si, par hasard, ils croyaient son histoire, ce qui était improbable, jamais la moindre lueur ne se ferait dans leurs esprits obtus quant à ses conséquences possibles. Non, le seul être auquel elle pouvait se confier – la chose allait de soi –, c'était Mlle Candy.

Précisément Matilda et Mlle Candy étaient les deux seules personnes restées dans la classe. Mlle Candy, qui feuilletait des papiers assise à sa table, leva les yeux et dit à Matilda :

– Eh bien, tu ne sors pas retrouver les autres ?

– Est-ce que je pourrais vous parler un instant ? demanda Matilda.

– Bien sûr. Quel est ton problème ?

– Il m'est arrivé quelque chose de très spécial, mademoiselle Candy.

Aussitôt, Mlle Candy dressa l'oreille. Depuis les deux affrontements qui l'avaient opposée, le premier à la directrice, le second aux abominables Verdebois, à propos de Matilda, elle avait beaucoup réfléchi à la petite fille en se demandant comment lui venir en aide. Et maintenant, voici que Matilda, une singulière exaltation peinte sur le visage, sollicitait d'elle un entretien. Mlle Candy ne lui avait jamais vu des yeux aussi dilatés ni un regard aussi énigmatique.

– Eh bien, Matilda, dit-elle. Raconte-moi donc ce qui t'est arrivé.

– Mlle Legourdin ne va pas me chasser, dites ? demanda Matilda. Parce que ce n'est pas moi qui ai mis cette bestiole dans son pichet d'eau. Je vous en donne ma parole.

– Je le sais bien, dit Mlle Candy.

– Je vais être renvoyée, vous croyez ?

– Je ne pense pas, dit Mlle Candy. La directrice était seulement un peu surexcitée, voilà tout.

– Bien, dit Matilda, mais ce n'était pas de ça que je voulais vous parler.

– De quoi veux-tu me parler, Matilda ?

– Je veux vous parler du verre d'eau avec cette bestiole dedans, répondit Matilda. Vous l'avez vu se renverser sur Mlle Legourdin, n'est-ce pas ?

– Mais oui.

– Eh bien, mademoiselle Candy, je ne l'ai pas touché, je ne m'en suis même pas approchée.

– Je sais. Tu m'as entendue dire à la directrice que ça ne pouvait pas être toi.

– Ah, mais c'est moi justement, dit Matilda. C'est de ça que je voulais vous parler.

Mlle Candy marqua un temps d'arrêt et considéra attentivement l'enfant.

– Je crains de ne pas très bien te suivre, dit-elle.

– J'étais tellement en colère d'être accusée injustement que j'ai fait arriver le... l'accident.

– Tu as fait arriver quoi, Matilda ?

– J'ai fait tomber le verre d'eau.

– Je ne comprends pas ce que tu veux dire, dit Mlle Candy avec douceur.

– Je l'ai fait avec mes yeux, dit Matilda. J'ai fixé le verre en voulant qu'il se renverse. Je me suis sentie bizarre, mes yeux sont devenus brûlants, il en est sorti une espèce de force et le verre s'est renversé.

Mlle Candy continuait à dévisager calmement Matilda à travers ses lunettes cerclées de métal, et Matilda lui rendait son regard.

– Vraiment, je ne te suis pas très bien, reprit Mlle Candy. Tu veux dire que tu as donné l'ordre au verre de tomber ?

– Oui, répondit Matilda, avec mes yeux.

Mlle Candy resta un moment silencieuse. Elle ne croyait pas que Matilda essayait de lui mentir, mais plutôt qu'elle se laissait emporter par sa brûlante imagination.

– Tu veux dire que, assise à la place où tu es en ce moment, tu as dit au verre de tomber et qu'il s'est renversé ?

– Quelque chose comme ça, oui.

– Si jamais tu as fait ça, c'est le plus grand miracle qu'un être humain ait accompli depuis le temps de Jésus.

– Je l'ai fait, mademoiselle Candy.

« C'est extraordinaire, songea Mlle Candy, à quel point les petits enfants peuvent souvent être en proie à des sortes de délires imaginatifs comme celui-ci. » Elle décida d'y mettre un terme avec toute la douceur possible.

– Pourrais-tu recommencer ? demanda-t-elle avec un sourire.

– Je ne sais pas, répondit Matilda, mais je crois que je pourrais, oui.

Mlle Candy disposa le verre maintenant vide au milieu de la table.

– Veux-tu que je mette un peu d'eau dedans ? proposa-t-elle.

– Je pense, dit Matilda, que ça n'a pas d'importance.

– Très bien. Alors, vas-y et essaie de le faire tomber.

– Ça peut prendre un certain temps.

– Prends tout le temps que tu veux. Je ne suis pas pressée.

Matilda, toujours assise au deuxième rang, à trois mètres environ de l'institutrice, s'accouda sur son pupitre, le visage entre les mains et, cette fois, donna sans attendre l'ordre fatidique :

– *Renverse-toi, verre, renverse-toi !*

Mais ses lèvres ne bougèrent pas et il n'en sortit aucun son. Elle se contenta de crier à l'intérieur de sa tête. Puis elle concentra toute la force de son esprit et de sa volonté dans ses yeux et, de nouveau, mais beaucoup plus vite que la première fois, elle sentit l'afflux d'électricité qui s'accumulait avec son pouvoir mystérieux, puis une chaleur ardente s'irradia dans ses globes oculaires tandis que, par millions, de minuscules bras invisibles se tendaient en direction du verre. Toujours en silence, mais dans un grand cri intérieur, elle ordonna au verre de basculer. Elle le vit osciller, se balancer, puis tomber de côté en tintant sur la table à vingt centimètres à peine des bras croisés de Mlle Candy.

Bouche bée, Mlle Candy ouvrit des yeux si grands que tout le tour de l'iris apparut cerclé de blanc. Elle ne dit pas un mot. Elle en était incapable. Témoin d'un miracle, elle en restait pétrifiée. Penchée sur le verre, elle le contempla comme si elle avait sous les yeux un objet maléfique. Puis, lentement, elle leva la tête et regarda Matilda. L'enfant, blanche comme du papier, tremblait des pieds à la tête, les yeux rivés droit devant elle, ne voyant rien. Son visage était transfiguré : ses yeux ronds luisaient et elle restait là, immobile, figée sur sa chaise, muette, étrangement belle, murée dans son silence.

Mlle Candy, tremblant elle-même un peu, observait Matilda qui, très lentement, reprenait ses esprits. Puis, soudain, comme un déclic, son visage se mit à rayonner d'un calme angélique.

– Ça va bien, dit-elle avec un sourire. Ça va très

bien, mademoiselle Candy. Ne vous inquiétez pas comme ça.

– Tu semblais si loin, murmura Mlle Candy, frappée de stupeur.

– Oui, j'étais très loin, envolée au-delà des étoiles sur des ailes d'argent, dit Matilda. C'était merveilleux.

Mlle Candy considérait toujours l'enfant, plongée dans un étonnement sans bornes, comme si elle assistait à la Création, au commencement du monde, au premier matin de l'univers.

– C'est allé bien plus vite cette fois, dit tranquillement Matilda.

– Ce n'est pas possible ! fit Mlle Candy, le souffle coupé. Je n'y crois pas. Je ne peux pas y croire...

Elle ferma les yeux et les garda fermés un long moment et, lorsqu'elle les rouvrit, elle semblait avoir repris ses esprits.

– Veux-tu venir prendre une tasse de thé chez moi ? proposa-t-elle.

– Oh, j'adorerais ça, dit Matilda.

– Très bien. Rassemble tes affaires et on se retrouvera dehors dans deux minutes.

– Vous ne parlerez à personne de ce... de ce que j'ai fait, n'est-ce pas ?

– Cette idée ne m'effleurerait même pas, répondit Mlle Candy.

Chez
mademoiselle Candy

Mlle Candy rejoignit Matilda devant la porte de
l'école et toutes deux s'éloignèrent en silence le long de
la grand-rue du village. Elles passèrent devant le marchand de primeurs avec sa vitrine pleine de pommes
et d'oranges, devant la boucherie avec ses quartiers de
viande saignante sur l'étal et les poulets plumés pen-
dus, devant la banque, l'épicerie, la boutique d'électricité et, après les dernières maisons, elles se retrou-
vèrent sur l'étroite route de campagne presque déserte
où ne circulaient que de rares voitures.

A présent qu'elles étaient seules, Matilda fut prise
d'une animation frénétique. Il semblait qu'en elle une
soupape eût éclaté, libérant d'énormes réserves d'énergie. Elle se mit à trotter à la hauteur de Mlle Candy
par petits bonds élastiques et ses doigts voltigeaient en
tous sens comme si elle voulait les disperser aux
quatre vents, tandis que ses paroles fusaient, tel un feu
d'artifice à une allure d'enfer. C'était mademoiselle
Candy ceci, mademoiselle Candy cela...

– Mademoiselle Candy, je crois que je pourrais
faire bouger n'importe quoi au monde, et pas simplement renverser des verres ou des petits objets comme
ça... Je pourrais renverser des tables et des chaises,

mademoiselle Candy... Même avec des gens assis dessus, je pourrais les faire tomber et même des choses
plus grosses, bien plus lourdes que des chaises et des
tables... Je n'ai qu'à concentrer toutes mes forces dans
mes yeux et ces forces je pourrais les projeter sur n'importe quoi pourvu que je regarde assez... assez fort. Il
faut que je regarde très fort, mademoiselle Candy, très
très fort, et alors je sens tout ce qui se passe derrière
mes yeux, mes yeux qui deviennent brûlants, mais ça
ne fait pas mal du tout, mademoiselle Candy, et
ensuite...

— Calme-toi, mon petit, calme-toi, dit Mlle Candy.
Ne nous montons pas trop vite la tête à propos de ce
phénomène.

— Mais vous trouvez ça *intéressant,* n'est-ce pas,
mademoiselle Candy ?

— Oh, c'est tout à fait intéressant. Et même plus
qu'intéressant. Mais, à partir de maintenant, nous
devons être de la plus grande prudence, Matilda.

— Pourquoi faut-il que nous soyons de la plus
grande prudence, mademoiselle Candy ?

— Parce que nous jouons avec des forces mystérieuses, mon enfant, dont nous ne savons rien. Je ne
crois pas qu'elles soient mauvaises. Peut-être même
sont-elles bonnes et, qui sait, d'essence divine. Mais
qu'elles le soient ou pas, il faut les manier avec précaution.

Ces sages paroles tombaient de la bouche d'un être
aussi sage qu'averti, mais Matilda était trop exaltée
pour s'en accommoder.

— Je ne vois pas pourquoi il faut être si prudentes,
dit-elle en continuant de sautiller.

— J'essaie de t'expliquer, reprit Mlle Candy patiemment, que nous nous aventurons dans l'inconnu. C'est

175

une chose inexplicable. Le mot exact est « phénomène ». Oui, il s'agit d'un phénomène.

– Je suis un phénomène, moi ? demanda Matilda.

– Ce n'est pas impossible, répondit Mlle Candy.
Mais, pour l'instant, je préférerais que tu ne te poses
pas trop de questions sur toi-même. Si tu veux mon
avis, nous devrions explorer un peu plus ce phénomène, toutes les deux, mais en veillant à ne pas
commettre d'imprudences inutiles.

– Vous voulez que je refasse un essai, mademoiselle
Candy ?

– C'est un peu ce que j'allais te suggérer, dit-elle
d'un ton circonspect.

– Chic, alors ! fit Matilda.

– Pour ma part, reprit Mlle Candy, je suis beaucoup
plus désarçonnée que toi par ce que tu as fait, et je
cherche des explications logiques.

– Par exemple ? demanda Matilda.

– Par exemple, je me demande s'il y a un lien entre
ce don et ta précocité.

– Qu'est-ce que ça veut dire ce mot-là ? demanda
Matilda.

– Un enfant précoce, expliqua Mlle Candy, est un
enfant qui montre une intelligence exceptionnelle, très
en avance sur les autres. Et toi, tu es exceptionnelle-
ment précoce.

– Vraiment ? dit Matilda.

– Mais, bien sûr. Rends-toi compte. Tu sais lire. Tu
sais compter...

– Vous avez peut-être raison, dit Matilda.

Mlle Candy était confondue et ravie par l'absence
de prétention et de suffisance chez sa petite élève.

– Je ne peux pas m'empêcher de me demander, dit-
elle, si ce soudain pouvoir de faire bouger un objet à

176

distance que tu as reçu est en rapport avec les capacités de ton cerveau.

— Vous voulez dire qu'il n'y aurait pas assez de place dans ma tête pour toutes ces forces et qu'elles ont besoin d'en sortir malgré elles ?

— Non, pas tout à fait, répondit Mlle Candy avec un demi-sourire. Mais quoi qu'il arrive, je le répète, nous devons avancer avec prudence sur ce terrain. Je n'ai pas oublié cet étrange rayonnement sur ton visage après que tu as renversé le verre pour la seconde fois.

— Vous pensez que ça pourrait vraiment me faire du mal, c'est ça que vous pensez, mademoiselle Candy ?

– Enfin, tu t'es sentie bizarre quand c'est arrivé, non ?

– Je me suis sentie merveilleusement bien, dit Matilda. Pendant un moment, j'ai volé au milieu des étoiles sur des ailes d'argent, je vous l'ai dit. Et puis, ce n'est pas tout, mademoiselle Candy. La seconde fois, ça a été beaucoup plus facile. Je crois que c'est comme tout le reste ; plus on s'exerce à quelque chose, moins on a de mal à le faire.

Mlle Candy marchait à pas lents afin que la petite fille n'ait pas à trottiner trop vite pour se maintenir à sa hauteur et elles continuèrent à cheminer paisiblement sur la route étroite au-delà du village. C'était un de ces après-midi dorés d'automne avec des haies chargées de mûres noires, de fils de la vierge, des aubépines aux baies rouges qui nourriraient les oiseaux l'hiver venu. Çà et là, de part et d'autre de la route, se dressaient de grands arbres, chênes, sycomores, frênes

et, de temps en temps, un châtaignier. Mlle Candy, souhaitant pour le moment changer de sujet, révéla à Matilda le nom de tous ces végétaux et lui apprit comment les reconnaître à la forme de leurs feuilles et au grain de leur écorce. Matilda enregistrait avec soin toutes ces connaissances nouvelles dans son esprit.

Elles atteignirent enfin une brèche dans la haie, sur le côté gauche de la route, où se trouvait une petite barrière.

– C'est là, dit Mlle Candy en ouvrant la barrière qu'elle referma après avoir laissé passer Matilda.

Elles suivirent une étroite allée de terre bordée de noisetiers et l'on distinguait dans leurs gaines vertes des grappes de noisettes fauves.

– Les écureuils viendront bientôt les récolter, dit Mlle Candy, et les engrangeront dans leurs cachettes pour les durs mois d'hiver à venir.

– Vous voulez dire que vous habitez ici ? demanda Matilda.

– Mais oui, répondit simplement Mlle Candy.

Matilda ne s'était jamais demandé où pouvait bien vivre Mlle Candy. Elle l'avait toujours purement et simplement considérée comme la maîtresse, une personne issue du néant qui faisait la classe puis s'évanouissait ensuite dans la nature. « Un seul d'entre nous, ses élèves, songea-t-elle, s'est-il jamais demandé où allait la maîtresse quand la journée d'école était finie ? Sommes-nous curieux de savoir si elle vit seule, ou si chez elle attend une mère, une sœur, un mari ? »

– Vous vivez toute seule, mademoiselle Candy ? demanda-t-elle.

– Oui, répondit Mlle Candy. Tout à fait.

Elles s'avançaient le long des ornières desséchées sur le sol terreux et devaient veiller à ne pas se tordre les chevilles. Quelques oiseaux voletaient dans les branches des noisetiers, mais c'était tout.

– C'est simplement une cabane d'employé de ferme, dit Mlle Candy. Ne t'attends à rien d'extraordinaire, surtout. Nous y sommes presque.

Elles atteignirent un nouveau petit portail vert à demi enfoui dans la haie, sur la droite, et presque caché par les branches de noisetiers. Mlle Candy posa une main sur le portail et dit :

– Voilà, c'est ici que j'habite.

Matilda vit un court sentier menant à une minuscule maisonnette de brique rouge. On eût dit plutôt la maison d'une poupée que la demeure d'un être humain. Les briques, très anciennes, étaient délitées et décolorées. Sur le toit d'ardoise se dressait une étroite cheminée, et deux petites fenêtres carrées s'ouvraient dans la façade. Il n'y avait ni étage ni grenier. Les deux côtés du sentier se hérissaient d'un impénétrable fouillis d'orties, de prunelliers et de longues herbes brunâtres. Un énorme chêne étendait son ombre pardessus la cabane. Ses ramures immenses donnaient l'impression d'engloutir la frêle construction tout en la dissimulant peut-être au reste du monde.

Mlle Candy, une main posée sur le portail encore fermé, dit à Matilda :

– Un poète nommé Dylan Thomas a un jour écrit une poésie à laquelle je pense chaque fois que je remonte ce sentier.

Matilda attendit et Mlle Candy, d'une voix lente et mélodieuse, se mit à réciter le poème :

Jamais, jamais, ô mon amie qui voyage
*   proche et lointaine,*
Au pays des contes du coin du feu endormie
*   par magie*
Ne crois ou ne crains que le loup en blanc
*   Mouton déguisé*
Sautillant et bêlant gaiement surgisse, Aimée,
*   ma bien-aimée,*
Hors d'un antre dans les amas de feuilles
*   d'une année baignée de rosée*
Pour dévorer ton cœur au fond du bois léger.

Il y eut un moment de silence et Matilda qui n'avait jamais entendu de grande poésie romantique murmura, très émue :

– C'est comme de la musique.

– C'est de la musique, dit Mlle Candy.

Puis, comme embarrassée d'avoir révélé une partie secrète d'elle-même, elle ouvrit le portail d'une pous-

sée rapide et s'avança vers la maison. Derrière elle, Matilda se sentit prise de crainte. Le décor était si irréel, si fantastique, si étranger au monde terrestre ! On eût dit une illustration de Grimm ou d'Andersen. C'était la cabane où le pauvre bûcheron vivait avec Hansel et Gretel, où habitait la grand-mère du Petit Chaperon rouge, c'était aussi la maison des sept nains, des trois ours et de tant d'autres personnages imaginaires. Elle sortait droit d'un conte de fées.

– Viens, ma chérie, l'appela Mlle Candy, et Matilda la rejoignit.

La porte d'entrée était couverte d'une peinture verte écaillée et il n'y avait pas de serrure. Mlle Candy souleva simplement le loquet et entra. En dépit de sa petite taille, elle dut se pencher pour franchir le seuil. Matilda la suivit et crut qu'elle venait de pénétrer dans un étroit tunnel sans lumière.

– Tu peux venir à la cuisine et m'aider à faire le thé, dit Mlle Candy, et elle précéda Matilda le long du tunnel jusqu'à la cuisine.

En admettant qu'on pût utiliser ce mot, la pièce n'était guère plus grande qu'une armoire et il y avait au fond une petite fenêtre au-dessus d'un évier dépourvu de robinet. Contre un autre mur s'ancrait une tablette, sans doute pour préparer les repas. Au-dessus était accroché un petit placard. Sur la tablette étaient posés un réchaud Primus, une casserole et une demi-bouteille de lait. Un Primus est un petit réchaud de camping qui fonctionne au pétrole sous pression et qu'on alimente, une fois mis en marche, avec une pompe.

– Tu peux m'apporter un peu d'eau pendant que j'allume le réchaud, dit Mlle Candy. Le puits est derrière la maison. Prends le seau. Il est là. Tu trouveras une corde au puits. Accroche le seau à la corde et descends-le dans le puits, mais fais attention de ne pas y tomber.

Matilda, plus étonnée que jamais, s'empara du seau et fit le tour de la maisonnette. Le puits était couvert d'un petit toit de bois équipé d'un simple rouleau à manivelle et la corde pendait dans un trou obscur. Matilda remonta la corde et accrocha au bout l'anse du seau, puis elle le laissa descendre jusqu'à ce qu'elle

entendît un « plouf » sonore tandis que la corde mollissait entre ses doigts. Puis, tant bien que mal, elle hissa le seau chargé d'eau.

— Il y en a assez ? demanda-t-elle, en regagnant la maison.

— Ça ira, dit Mlle Candy. Tu n'avais sans doute jamais fait ça.

— Jamais, dit Matilda. C'est amusant. Comment remontez-vous assez d'eau pour votre bain ?

— Je ne prends pas de bain, dit Mlle Candy. Je me lave debout. Je remplis un seau d'eau, je le réchauffe sur le réchaud, je me déshabille et je me lave des pieds à la tête.

— Vous faites ça, c'est vrai ? demanda Matilda.

— Mais oui, bien sûr. Tous les pauvres, en Angleterre, se lavaient de cette façon il n'y a pas encore très longtemps. Et ils n'avaient pas de réchaud ; ils devaient chauffer l'eau sur le feu dans la cheminée.

— Vous êtes pauvre, mademoiselle Candy ?

– Oui, dit Mlle Candy, très pauvre. C'est un bon petit réchaud, n'est-ce pas ?

Le Primus ronflait avec une puissante flamme bleue et déjà, dans la casserole, l'eau commençait à bouillonner. Mlle Candy sortit une théière du placard et y mit une pincée de thé. Elle prit également une miche de pain marron, en coupa deux tranches puis, ouvrant une boîte en plastique pleine de margarine, en tartina le pain.

« De la margarine, pensa Matilda. Elle doit vraiment être pauvre. »

Mlle Candy se munit d'un plateau, y déposa deux gobelets, la demi-bouteille de lait et une soucoupe avec les tartines.

– Je crains de ne pas avoir de sucre, dit-elle, je n'en mange jamais.

– C'est très bien comme ça, dit Matilda.

Elle était assez raisonnable pour se rendre compte du délicat de la situation et veillait avec soin à ne rien dire qui pût embarrasser sa compagne.

– On va le prendre dans le salon, dit Mlle Candy en prenant le plateau et en quittant la cuisine par le petit tunnel obscur pour regagner la pièce de devant.

Matilda la suivit mais, sur le seuil du salon, elle s'arrêta, stupéfaite, ouvrant de grands yeux. La pièce était aussi exiguë et nue qu'une cellule de prison. La pâle lumière du jour qui l'éclairait venait d'une unique et étroite fenêtre sans rideaux. Il n'y avait pour mobilier que deux caisses de bois renversées qui servaient de sièges et une troisième qui tenait lieu de table. C'était tout. Pas une gravure aux murs, pas de tapis par terre ; un simple sol de planches brutes et disjointes où traînaient des moutons de poussière. Le plafond était si bas qu'en sautant Matilda l'aurait presque touché du bout des doigts. Les murs étaient blancs, mais d'une blancheur qui n'était pas celle de la peinture. Matilda y passa la main et sa paume se couvrit de poudre blanche. La pièce était simplement passée à la chaux comme une écurie, une étable ou un poulailler.

Matilda était atterrée. Était-ce vraiment dans cette masure que vivait sa maîtresse si propre et si soignée ? Était-ce là tout ce qui l'attendait lorsqu'elle rentrait de l'école après une journée de travail ? C'était incroyable. Et quelle était l'explication de ce dénuement ? Il existait sûrement quelque raison étrange à une telle misère.

Mlle Candy posa le plateau sur l'une des caisses retournées.

– Assieds-toi, mon enfant, assieds-toi, dit-elle, et nous allons boire une bonne tasse de thé. Sers-toi de pain. Les deux tartines sont pour toi. Je ne mange jamais rien en rentrant. Je prends un solide déjeuner à midi à l'école et ça me suffit jusqu'au lendemain matin.

Matilda se percha avec précaution sur l'une des caisses et, par politesse plutôt que pour toute autre raison, prit une des tartines de margarine et se mit à la manger. Chez elle, il y aurait eu sans doute sur son pain du beurre et de la confiture de fraises sans compter une tranche de cake pour conclure son goûter. Et pourtant ce thé si modeste lui donnait bien plus de plaisir. Un mystère entourait cette maison, un grand mystère, cela ne faisait pas de doute, et Matilda rêvait de l'élucider.

Mlle Candy servit le thé et ajouta un peu de lait dans les deux gobelets. Elle ne semblait nullement gênée d'être là assise sur une caisse retournée dans une pièce nue à boire du thé dans un gobelet posé sur son genou.

– Tu sais, dit-elle, j'ai beaucoup réfléchi à ce que tu as fait avec ce verre. C'est un très grand pouvoir qui t'a été donné, le sais-tu ?

– Oui, mademoiselle Candy, je le sais, répondit Matilda, mastiquant sa tartine de margarine.

– A ma connaissance, poursuivit Mlle Candy, personne dans l'histoire du monde n'a jamais été capable de déplacer un objet sans le toucher, souffler dessus ou utiliser une aide extérieure.

Matilda hocha la tête sans répondre.

– Ce qui serait fascinant, continua Mlle Candy, ce serait de connaître les limites véritables de ton pouvoir. Oh, je sais que tu te crois capable de faire bouger n'importe quoi, mais là-dessus j'ai des doutes.

— J'aimerais essayer avec quelque chose de réellement très grand, dit Matilda.

— Et la distance ? Faudrait-il toujours que tu sois près de l'objet pour le remuer ? Je me le demande...

— Ça, je n'en sais rien, répondit Matilda, mais ce serait bien amusant de le découvrir.

Ce que raconta
mademoiselle Candy

– Ne nous pressons pas trop, dit Mlle Candy. Et buvons encore une tasse de thé. Et toi, mange l'autre tartine. Tu dois avoir faim.

Matilda prit la seconde tranche de pain et se mit à la manger sans hâte. La margarine n'était pas si mauvaise. Peut-être même n'aurait-elle rien remarqué si elle n'avait pas été prévenue.

– Mademoiselle Candy, demanda-t-elle brusquement, vous êtes très mal payée à l'école ?

Mlle Candy lui lança un regard aigu.

– Pas trop mal, répondit-elle. Je reçois à peu près la même chose que les autres.

– Mais ça doit tout de même être très peu pour que vous soyez aussi pauvre, dit Matilda. Tous les autres professeurs vivent aussi comme ça, sans meubles, sans fourneau, ni salle de bains ?

– Non, non, répondit Mlle Candy d'un ton crispé. Il se trouve que je suis l'exception.

– Sans doute aimez-vous vivre d'une façon très simple, insista Matilda. Le ménage doit être bien plus facile. Vous n'avez pas de meubles à astiquer ni tous ces bibelots stupides qu'il faut épousseter tous les

189

jours. Et je suppose que, puisque vous n'avez pas de réfrigérateur, vous n'êtes pas obligée d'acheter tout un tas de produits comme des œufs, de la mayonnaise ou des glaces pour le remplir. Ça doit vous éviter une foule de commissions.

A cet instant, Matilda remarqua que le visage de Mlle Candy s'était contracté et avait pris une expression très particulière. Une sorte de rigidité s'était emparée de tout son corps. Les épaules raidies, les lèvres serrées, les deux mains crispées sur son gobelet de thé, elle en regardait fixement le fond comme à la recherche de réponses aux questions faussement innocentes de Matilda. Un long silence un peu pesant s'ensuivit. En trente secondes, l'atmosphère avait complètement changé dans la petite pièce, alourdie d'un malaise chargé de secrets.

– Excusez-moi de vous avoir posé ces questions, mademoiselle Candy. Je me mêle de ce qui ne me regarde pas.

Sur cette réflexion, la jeune femme parut redevenir elle-même. Elle secoua les épaules et, d'un geste délicat, reposa son gobelet sur le plateau.

– Pourquoi ne me poserais-tu pas ces questions ? dit-elle. C'était inévitable. Tu es trop avisée pour ne pas t'en poser toi-même. D'ailleurs, peut-être avais-je envie que tu me les poses. Peut-être est-ce pour cette raison que je t'ai invitée chez moi. En fait, tu es la première visite que je reçois ici depuis que je m'y suis installée il y a deux ans.

Matilda resta silencieuse. Elle sentait une sorte de tension monter dans la minuscule pièce.

– Tu as une intelligence tellement au-dessus de ton âge, reprit Mlle Candy, que je n'en reviens pas. Tu as l'air d'une petite fille mais avec l'esprit et la faculté de raisonnement d'un adulte. Nous pourrions peut-être donc t'appeler une enfant-femme, si tu vois ce que je veux dire.

Matilda continua à garder le silence, attendant la suite.

– Jusqu'à maintenant il m'a été impossible de parler à qui que ce soit de mes problèmes. J'aurais été par trop gênée et puis le courage me manquait. Le peu que je pouvais avoir a été anéanti dans ma jeunesse. Mais maintenant, tout à coup, me voilà prise d'une envie désespérée de tout dire à quelqu'un. Tu n'es qu'une toute petite fille, je le sais, mais il y a en toi une sorte de pouvoir magique, je l'ai constaté de mes propres yeux.

Matilda soudain dressa l'oreille. La voix qu'elle entendait appelait à l'aide, c'était indiscutable.

– Bois encore un peu de thé, je crois qu'il en reste une goutte.

Matilda hocha la tête.

Mlle Candy servit le thé dans les deux gobelets et ajouta du lait. De nouveau, elle prit le gobelet à deux mains et se mit à boire à petites gorgées.

Après un silence prolongé, elle demanda :

– Je peux te raconter une histoire ?

– Bien sûr, dit Matilda.

– J'ai vingt-trois ans, commença Mlle Candy. Quand je suis née, mon père était docteur dans ce village. Nous avions une jolie maison, une grande maison de brique rouge. Elle est cachée dans les bois derrière la colline. Je ne pense pas que tu la connaisses.

Matilda ne répondit pas.

– Je suis née là-bas, continua Mlle Candy ; et alors s'est passée la première tragédie : ma mère est morte quand j'avais deux ans. Mon père qui était surchargé de travail avait besoin de quelqu'un pour tenir la maison et s'occuper de moi. Il a donc invité la sœur de ma mère, ma tante, à venir s'installer chez nous. Elle a accepté et elle est venue. Elle n'était pas mariée.

Matilda écoutait avec une extrême attention.

– Quel âge avait votre tante quand elle est venue chez vous ? demanda-t-elle.

– Elle n'était pas vieille, dit Mlle Candy. Un peu plus de trente ans, je pense. Mais je l'ai détestée tout de suite. Ma mère me manquait horriblement. Et ma tante n'était pas gentille du tout. Mon père ne s'en rendait pas compte parce qu'il n'était presque jamais là ; et, quand il faisait une apparition, elle changeait tout à fait d'attitude.

Mlle Candy but une gorgée de thé avant d'ajouter :

– Je me demande pourquoi je te raconte tout ça...

– Continuez, dit Matilda. Je vous en prie.

– Bon, dit Mlle Candy. Alors est arrivée la deuxième tragédie : quand j'avais cinq ans, mon père est mort subitement. Un jour, il était là, comme d'habitude, et le lendemain... disparu. Je me suis retrouvée seule avec ma tante. Elle est devenue ma tutrice légale. Elle avait sur moi tous les droits parentaux. Et, d'une façon que j'ignore, elle est devenue propriétaire de la maison.

– Comment votre père est-il mort ? s'enquit Matilda.

– Tu as raison de me demander ça, dit Mlle Candy. J'étais bien trop jeune à l'époque pour me poser la question, mais je me suis rendu compte depuis qu'il y avait bien des côtés mystérieux à cette mort.

– Personne ne vous a jamais raconté comment c'était arrivé ? demanda Matilda.

– Pas vraiment, répondit Mlle Candy d'un ton hésitant. Tu comprends, il était difficile de croire qu'il avait fait une chose pareille... C'était un homme très équilibré et solide.

— Fait quoi ? demanda Matilda.

— Se suicider...

— C'est vrai ? Il s'est... dit Matilda, atterrée.

— Du moins, on pouvait croire à un suicide, dit Mlle Candy. Mais qui sait ?

Elle haussa les épaules et détourna la tête pour regarder par la petite fenêtre.

— Je sais ce que vous pensez, dit Matilda. Vous pensez que votre tante l'a tué et s'est arrangée pour qu'on croie qu'il s'est suicidé.

— Je ne pense rien, répondit Mlle Candy. Il ne faut jamais avoir des pensées comme celles-là sans preuve.

Un long silence plana sur la petite pièce. Matilda remarqua que les mains de Mlle Candy, crispées sur son gobelet, tremblaient légèrement.

— Qu'est-ce qui est arrivé ensuite ? demanda-t-elle. Qu'est-ce qui s'est passé quand vous vous êtes retrouvée seule avec votre tante ? Elle n'a pas été gentille avec vous ?

— Gentille ? C'était un démon. Dès que mon père n'a plus été là, elle est devenue un être épouvantable ! Ma vie fut un cauchemar.

— Qu'est-ce qu'elle vous a fait ?

— Je ne veux pas en parler. C'est trop horrible. Mais à la fin j'avais tellement peur d'elle que, dès qu'elle entrait dans la pièce où j'étais, je me mettais à trembler. Comprends bien que je n'avais pas un caractère aussi affirmé que le tien. J'étais très timide et effacée.

— Vous n'aviez pas d'autres parents ? Des oncles, des tantes, une grand-mère pour venir vous voir.

— Pas que je sache. Ils étaient tous morts ou partis pour l'Australie.

— Vous avez donc grandi seule dans cette maison

194

avec votre tante, dit Matilda. Mais vous avez bien dû aller à l'école ?

– Bien sûr, dit Mlle Candy. Je suis allée à la même école que celle où tu es maintenant. Mais j'habitais à la maison.

Mlle Candy se tut et regarda le fond de son gobelet vide.

– Je crois que ce que j'essaie de t'expliquer, reprit-elle, c'est qu'au long des années j'ai été à tel point écrasée, dominée par cette tante monstrueuse qu'au moindre ordre qu'elle me donnait j'obéissais instantanément. Ce sont des choses qui arrivent, tu comprends. Et quand j'ai eu dix ans, j'étais devenue son esclave. Je faisais le ménage, lui faisais son lit, lavais et repassais le linge, faisais la cuisine. J'ai appris à tout faire.

– Mais, enfin, vous auriez bien pu vous plaindre à quelqu'un.

– A qui ? dit Mlle Candy. Et, de toute façon, j'étais bien trop terrifiée pour me plaindre. Je te le répète, j'étais son esclave.

– Elle vous battait ?

– N'entrons pas dans les détails, ça n'en vaut pas la peine.

– Mais c'est horrible, dit Matilda. Vous pleuriez beaucoup ?

– Quand j'étais toute seule, oui. Je n'avais pas le droit de pleurer devant elle. Je vivais dans la peur perpétuelle.

– Qu'est-ce qui s'est passé quand vous avez quitté l'école ? demanda Matilda.

– J'étais une brillante élève, dit Mlle Candy. J'aurais facilement pu entrer à l'université, mais il n'en était pas question.

– Pourquoi donc, mademoiselle Candy ?

– Parce que je devais rentrer faire mon travail à la maison.

– Alors, comment êtes-vous devenue professeur ?

– Il y a un centre de formation d'enseignants à Reading, dit Mlle Candy. Ce n'est qu'à quarante minutes d'ici en car. J'ai eu le droit d'y aller à condition d'être rentrée tous les après-midi pour le lavage, le repassage, le ménage et la préparation du dîner.

– Vous aviez quel âge à ce moment-là ?

– Quand je suis entrée au centre, j'avais dix-huit ans.

– Vous auriez pu faire votre valise et vous en aller pour toujours, dit Matilda.

– Pas à moins d'avoir un travail, répondit Mlle Candy. Et, ne l'oublie pas, j'étais à tel point sous la domination de ma tante que jamais je n'aurais osé. Tu ne peux pas imaginer ce que c'est que d'être sous la coupe d'une personnalité aussi redoutable. Tu te retrouves comme une chiffe molle. Eh bien, voilà : je t'ai raconté la triste histoire de ma vie. Et, maintenant, j'ai assez parlé.

– Je vous en prie, ne vous arrêtez pas, dit Matilda. Vous n'avez pas terminé. Comment vous êtes-vous débrouillée pour lui échapper en fin de compte et venir vivre dans cette drôle de petite maison ?

– Ah, ça, c'est une autre affaire, dit Mlle Candy. Et j'en suis assez fière !

– Racontez-moi, dit Matilda.

– Voyons... Quand j'ai eu mon diplôme d'enseignante, ma tante m'a dit que je lui devais beaucoup d'argent. Je lui ai demandé pourquoi. Elle m'a répondu : « Parce que je t'ai nourrie pendant toutes ces années, que je t'ai acheté tes souliers et tes vête-

ments ! » Elle m'a dit que le total faisait des milliers de livres et que je devais la rembourser en lui donnant mon salaire pendant les dix années à venir. « Je te donnerai une livre par semaine d'argent de poche, m'a-t-elle dit. Tu n'auras rien de plus. » Elle s'est même arrangée avec la direction de l'école pour que mon salaire soit directement versé à sa banque. Elle m'a fait signer un papier.

– Vous n'auriez pas dû faire ça, dit Matilda, votre salaire, votre seule chance de liberté !

– Je sais, je sais, dit Mlle Candy. Mais j'avais été son esclave presque toute ma vie et je n'ai pas eu le courage ou l'audace de dire non. Je restais toujours paralysée de terreur devant elle. Elle pouvait me faire beaucoup de mal.

– Alors, comment avez-vous réussi à lui échapper ? demanda Matilda.

– Ah ça, dit Mlle Candy, souriant pour la première fois depuis le début de son récit. Ça s'est passé il y a deux ans. Et ça a été mon plus grand triomphe !

– Oh, racontez-moi, s'il vous plaît, dit Matilda.

– J'avais l'habitude de me lever très tôt et d'aller

faire un tour à pied pendant que ma tante dormait encore. Un jour, je suis tombée sur ce petit cottage. Il était vide... J'ai trouvé qui en était le propriétaire : un fermier. Je suis allée le voir. Les fermiers, eux aussi, se lèvent très tôt. Il était en train de traire ses vaches. Je lui ai demandé s'il voulait me louer sa cabane. « Vous ne pouvez pas vivre là-dedans ! s'est-il écrié. Il n'y a aucun confort, pas d'eau courante, rien. » « J'ai envie d'y habiter, lui ai-je dit. Je suis romantique. J'ai eu le coup de foudre pour cette maison. Je vous en prie louez-la-moi. » « Vous êtes folle, m'a-t-il répondu. Enfin, puisque vous insistez, ça vous regarde. Le loyer sera de dix pence par semaine. » « Voici un mois de loyer d'avance, lui ai-je dit en lui donnant quarante pence. Et merci de tout cœur ! »

– Super ! s'écria Matilda. Alors, tout d'un coup, vous voilà avec une maison bien à vous ! Mais comment avez-vous trouvé le courage de prévenir votre tante ?

– Cela a été très dur. Un soir, après lui avoir préparé son dîner, je suis montée ranger quelques affaires dans une boîte en carton, puis je suis redescendue en annonçant que je m'en allais. « J'ai loué une maison », ai-je dit. Ma tante a explosé : « Loué une maison ! a-t-elle hurlé. Comment peux-tu louer une maison quand tu n'as qu'une livre par semaine ? » « Je me suis débrouillée », ai-je répondu. « Et comment vas-tu payer ta nourriture ? » « Je m'arrangerai », ai-je murmuré et je suis sortie en courant.

– Bravo ! s'écria Matilda. Alors vous étiez enfin libre !

– J'étais enfin libre, oui, dit Mlle Candy, et tu ne peux pas savoir comme c'était merveilleux !

– Mais vous avez vraiment réussi à vivre ici avec

une livre par semaine pendant deux ans ? demanda Matilda.

– Certainement, répondit Mlle Candy. Je paie dix pence de loyer et le reste sert à m'acheter le pétrole pour le réchaud et pour ma lampe, un peu de lait, de thé, de pain et de la margarine, c'est tout ce dont j'ai besoin. Et comme je te l'ai dit, à midi à l'école, je fais un repas substantiel.

Matilda fixa sur elle de grands yeux. Quel merveilleux acte de courage de la part de Mlle Candy qui, soudain, acquit la stature d'une héroïne dans l'esprit de Matilda.

– Mais est-ce que vous n'avez pas terriblement froid l'hiver ? demanda-t-elle.

– J'ai un petit radiateur à pétrole. Tu serais étonnée de voir comme la maison est confortable.

– Vous avez un lit, mademoiselle Candy ?

– Eh bien, pas exactement, dit Mlle Candy, souriant à nouveau, mais il paraît que c'est très sain de dormir sur une surface dure.

Subitement, Matilda eut parfaitement conscience de la situation : Mlle Candy avait besoin d'aide ; elle ne pouvait pas continuer à subsister ainsi indéfiniment.

— Vous vous en tireriez beaucoup mieux si vous abandonniez votre travail, mademoiselle Candy, et si vous vous inscriviez au chômage.

— Jamais je ne ferai une chose pareille ! protesta Mlle Candy. J'adore enseigner !

— Cette horrible tante, reprit Matilda, je suppose qu'elle vit toujours dans votre jolie vieille maison.

— Bien sûr ! Elle n'a que cinquante ans. Elle est encore là pour longtemps.

— Et vous croyez que votre père voulait qu'elle devienne propriétaire de la maison ?

— Je suis tout à fait sûre du contraire, dit Mlle Candy. Les parents accordent souvent à un tuteur le droit d'occuper la maison pendant un certain temps mais elle continue presque toujours d'appartenir à l'enfant qui en hérite quand il devient plus grand.

— Alors, cette maison est sûrement à vous ? demanda Matilda.

— On n'a jamais trouvé le testament de mon père ; il semble qu'il ait été détruit par quelqu'un.

— Inutile de demander par qui.

— Inutile, en effet.

— Mais s'il n'y a pas de testament, alors cette maison doit vous revenir automatiquement. Vous êtes la plus proche parente.

— Je sais, dit Mlle Candy, mais ma tante a produit un papier, paraît-il écrit par mon père, disant qu'il laissait la maison à sa belle-sœur en remerciement du dévouement avec lequel elle s'était occupée de moi. Je suis sûre que c'est un faux. Mais personne ne peut le prouver.

– Vous ne pourriez pas essayer ? dit Matilda. Si vous preniez un bon avocat pour intenter un procès ?

– Je n'ai pas l'argent nécessaire. Et rappelle-toi que cette tante est une personne éminemment respectée dans notre communauté. Elle a une grosse influence.

– Qui est-ce ? demanda Matilda.

Mlle Candy hésita un moment. Puis elle déclara d'une voix douce :

– Mlle Legourdin.

Matilda
a une idée

— Mlle Legourdin ! s'écria Matilda, sautant comme un ressort. Vous voulez dire que c'est votre tante ? C'est elle qui vous a élevée ?

— Oui, répondit Mlle Candy.

— Pas étonnant qu'elle vous ait terrifiée ! s'exclama Matilda. L'autre jour, nous l'avons vue attraper une fille par ses nattes et la projeter par-dessus la barrière du terrain de jeu.

— Tu n'as encore rien vu, dit Mlle Candy. Après la mort de mon père, quand j'avais cinq ans et demi, elle me faisait prendre mon bain toute seule. Et puis elle venait voir si j'étais propre et, quand elle jugeait que je ne m'étais pas bien lavée, elle m'enfonçait la tête sous l'eau. Mais ne me laisse pas me lancer sur ce chapitre. Parler de tout ce qu'elle a pu faire ne servirait à rien.

— Non, dit Matilda. A rien.

— Nous sommes venues ici pour parler de toi, dit Mlle Candy, et je n'ai pas cessé de parler de moi. Je me sens stupide. Ce qui m'intéresse vraiment, c'est de savoir ce que tu es capable de faire avec ces yeux extraordinaires.

– Je peux faire bouger des objets. Je sais que je le peux. Je peux les renverser.

– Que dirais-tu, proposa Mlle Candy, de tenter quelques expériences prudentes pour voir jusqu'à quel point tu peux faire bouger et renverser les choses ?

– Si ça ne vous fait rien, répondit Matilda à la grande surprise de Mlle Candy, j'aimerais mieux pas. Je préférerais rentrer chez moi maintenant et réfléchir à tout ce que j'ai appris cet après-midi.

Mlle Candy se leva aussitôt.

– Naturellement, dit-elle, je t'ai gardée ici trop longtemps. Ta mère va commencer à s'inquiéter...

– Ça ne risque pas d'arriver, dit Matilda avec un sourire. Mais j'aimerais quand même rentrer chez moi, si vous le permettez.

– Alors, allons-y. Je suis désolée de t'avoir offert un aussi mauvais goûter.

– Mais pas du tout, protesta Matilda. C'était merveilleux !

Toutes deux regagnèrent la maison de Matilda dans un profond silence. Mlle Candy sentait que tel était le désir de la petite fille. L'enfant semblait tellement perdue dans ses pensées qu'elle regardait à peine où elle marchait et, lorsqu'elles eurent atteint la barrière de la maison des Verdebois, Mlle Candy dit à Matilda :

– Je te conseille d'oublier tout ce que je t'ai raconté cet après-midi.

– Je ne peux pas vous le promettre, dit Matilda, mais je vous promets de ne jamais en parler à personne, pas même à vous.

– Je crois que ce serait sage de ta part, approuva Mlle Candy.

– Mais je ne promets pas de ne plus y penser, malgré tout, rectifia Matilda. Je n'ai pas cessé d'y réfléchir

depuis que nous avons quitté votre maison et il me semble que j'ai une petite idée en tête.

– Il ne faut pas, dit Mlle Candy. Je t'en prie, oublie toute cette histoire.

– J'aimerais vous poser trois dernières questions avant de cesser d'en parler, dit Matilda. Voulez-vous y répondre, s'il vous plaît, mademoiselle Candy ?

Mlle Candy lui sourit. C'était incroyable, songeat-elle, la façon dont ce petit bout de bonne femme semblait soudain prendre en charge tous ses problèmes et avec quelle autorité !

– Eh bien, dit-elle, cela dépend de tes questions.

– Voici la première, dit Matilda. Comment Mlle Legourdin appelait-elle votre père quand ils étaient ensemble à la maison ?

– Elle l'appelait Magnus, j'en suis certaine. C'était son prénom.

– Et comment votre père, lui, appelait-il Mlle Legourdin ?

– Son prénom est Agatha. C'est sûrement comme cela qu'il l'appelait.

– Et, enfin, reprit Matilda, comment votre père et Mlle Legourdin vous appelaient-ils, vous, à la maison ?

– Ils m'appelaient Jenny, répondit Mlle Candy.

Matilda récapitula les trois réponses.

– Voyons, que je sois sûre de ne pas me tromper, dit-elle. A la maison votre père était Magnus, Mlle Legourdin Agatha et vous Jenny. C'est bien ça ?

– Tout à fait, dit Mlle Candy.

– Merci, dit Matilda. Et, maintenant, je ne parlerai plus du tout de cette histoire.

Mlle Candy se demandait quelles idées pouvaient bien trotter par la tête de cette petite fille.

– Surtout ne fais pas de bêtises, dit-elle.

Matilda se mit à rire, courut jusqu'à la porte de la maison et lança du perron :

– Au revoir, mademoiselle Candy. Et merci beaucoup pour le thé.

Matilda s'entraîne

Matilda trouva la maison vide comme d'habitude. Son père n'était pas encore rentré du travail, sa mère jouait encore au loto et son frère pouvait traîner n'importe où. Elle alla droit au salon et ouvrit le tiroir de la commode, où elle savait que son père rangeait sa boîte de cigares. Elle en prit un, l'emporta jusqu'à sa chambre où elle s'enferma.

« Maintenant, exerçons-nous, se dit-elle. Ça va être difficile mais je suis bien décidée à réussir. »

Le plan qu'elle avait conçu pour venir en aide à Mlle Candy prenait petit à petit forme dans son esprit. Elle en avait prévu presque tous les détails mais la réussite finale dépendait d'une action décisive reposant sur le pouvoir de ses yeux. Elle se savait incapable de l'accomplir dans l'immédiat mais ne doutait pas, en y consacrant assez d'efforts, en s'entraînant assez assidûment, d'atteindre le but qu'elle s'était fixé. Le cigare jouait un rôle essentiel. Peut-être était-il un peu plus épais qu'elle ne l'aurait souhaité mais il avait le poids voulu. Pour s'exercer, c'était l'accessoire idéal.

Il y avait dans la chambre de Matilda une petite coiffeuse avec dessus sa brosse, son peigne et deux livres de la bibliothèque. Elle repoussa ses objets de côté et posa le cigare au milieu de la tablette, puis elle alla s'asseoir à l'extrémité de son lit. Elle se trouvait maintenant à trois mètres environ du cigare.

Elle s'installa confortablement et commença à se concentrer. Et très vite, cette fois, elle sentit l'électricité affluer à l'intérieur de sa tête, se masser derrière ses globes oculaires, puis ses yeux devinrent brûlants et des milliers de petites mains invisibles se projetèrent en avant comme des gerbes d'étincelles vers le cigare.

– Bouge ! murmura-t-elle.

À son immense surprise, presque aussitôt, le cigare, avec sa mince bague rouge et or, roula le long de la tablette et tomba sur le tapis.

Matilda était ravie. Pouvait-on imaginer un jeu plus

captivant ? Il lui semblait que des flammèches lui tourbillonnaient dans la tête, puis lui jaillissaient des yeux. Et cette décharge électrique donnait un sentiment de puissance presque surnaturel. Et comme tout s'était déroulé si vite et de façon si simple cette fois ! Elle alla ramasser le cigare et le reposa sur la tablette.

« Maintenant, passons à un exercice plus difficile, se dit-elle. Si j'ai le pouvoir de *pousser* un objet, je devrais avoir aussi celui de le *soulever*. Il est vital que j'y parvienne. Je *dois* absolument apprendre à le faire monter en l'air et à y rester. Ce n'est pas bien lourd, un cigare. »

Assise au bout du lit, elle fixa de nouveau intensément le cigare. Elle concentrait maintenant sans peine son pouvoir. C'était un peu comme si elle pressait une détente dans son cerveau.

– *Soulève-toi !* murmura-t-elle. Allez, *soulève-toi, monte !*

Tout d'abord, le cigare commença par rouler de côté. Puis, tandis que Matilda faisait appel à toute la force de sa volonté, l'un des bouts décolla de la tablette de deux ou trois centimètres. Avec un effort colossal, elle réussit à le maintenir dans cette position pendant une dizaine de secondes. Puis il retomba.

– Pfff ! fit-elle, essoufflée. Ça commence à venir. Je vais y arriver !

Pendant l'heure suivante, Matilda continua à s'entraîner et, pour finir, elle réussit, par le seul pouvoir de ses yeux, à faire monter le cigare à une quinzaine de centimètres de la tablette et à l'y maintenir durant une minute. Mais soudain elle se sentit si épuisée qu'elle s'écroula sur son lit et s'y endormit.

Ce fut ainsi que la trouva sa mère plus tard dans la soirée.

– Qu'est-ce qui t'arrive ? lui demanda Mme Verde-bois en la réveillant. Tu es malade ?

– Oh là là ! fit Matilda en se mettant sur son séant et en regardant autour d'elle. Non, non, ça va très bien. J'étais simplement un peu fatiguée.

Dès lors, chaque jour après l'école, Matilda s'enferma dans sa chambre et s'entraîna avec le cigare. Et, bientôt, un succès total vint couronner ses efforts répétés. Six jours plus tard, le mercredi soir, elle était capable non seulement de faire monter le cigare à la hauteur qu'elle voulait mais de lui faire prendre toutes les positions de son choix. C'était merveilleux.

– Ça y est, j'y arrive ! s'écria-t-elle. Ça marche ! Par le seul pouvoir de mes yeux, je peux diriger le cigare en l'air exactement comme je le veux !

Il ne lui restait plus qu'à mettre son plan grandiose en action.

Le troisième miracle

Le lendemain était un jeudi et, comme tous les élèves de Mlle Candy le savaient, c'était le jour où la directrice se chargeait de faire la classe après le déjeuner.

Le matin, Mlle Candy déclara aux enfants :

– Un ou deux d'entre vous ont gardé un mauvais souvenir du dernier cours donné par la directrice à ma place. Essayons donc tous d'être particulièrement prudents et attentifs aujourd'hui. Comment vont tes oreilles, Éric, après ta dernière rencontre avec Mlle Legourdin ?

– Elle les a allongées, dit Éric. D'après ma mère, elles sont nettement plus grandes qu'avant.

– Et toi, Robert ? reprit Mlle Candy. Je suis heureuse de voir que tu n'as pas perdu de cheveux depuis jeudi dernier.

– J'ai eu drôlement mal au crâne après, dit Robert.

– Et toi, Victor, dit Mlle Candy, n'essaie pas de faire le malin avec la directrice. Tu as été vraiment trop insolent l'autre semaine.

– Je la déteste, dit Victor.

– Essaie de ne pas trop le montrer, dit Mlle Candy. Ça ne peut rien te valoir de bon. Cette femme est un

211

véritable hercule. Elle a des muscles gros comme des câbles d'acier.

– Si seulement j'étais assez grand, grogna Victor, je lui rentrerais dans le lard.

– Tu n'y arriverais certainement pas. Jusqu'ici personne n'a eu le dessus avec elle. Et puis, sois poli !

– Sur quoi elle va nous interroger ? demanda une petite fille.

– Sans doute sur la table des 3, répondit Mlle Candy. C'est ce que vous êtes tous censés avoir appris cette semaine. Tâchez de bien la savoir.

L'heure du déjeuner arriva et passa trop vite.

Après le repas, la classe se réunit à nouveau. Mlle Candy alla se placer au fond de la pièce. Tous attendirent, silencieux, remplis d'appréhension. Enfin, telle une inexorable incarnation du destin, l'énorme Mlle Legourdin fit son entrée avec sa culotte verte et sa robe de coton. Elle alla droit au pichet d'eau, le souleva par la poignée et jeta un coup d'œil à l'intérieur du récipient.

– Je vois avec plaisir, dit-elle, qu'il n'y a pas cette fois dans mon eau de créature visqueuse. Si jamais j'en avais trouvé une, de très gros ennuis seraient arrivés à tous les membres de cette classe. Y compris vous, mademoiselle Candy.

Les élèves restèrent muets, tendus. Ils avaient appris à connaître cette tigresse humaine et personne ne voulait risquer de s'y frotter.

– Très bien ! tonna Mlle Legourdin. Voyons si vous savez votre table des 3.

Campée devant la table, dans sa position favorite, jambes écartées, poings aux hanches, la directrice fixait d'un regard farouche Mlle Candy debout dans son coin, silencieuse.

Matilda, immobile à son pupitre du deuxième rang, suivait le déroulement de la scène avec une extrême attention.

– Toi ! cria Mlle Legourdin, en braquant un doigt de la grosseur d'une quille sur un gamin nommé Guillaume qui se trouvait à la dernière place à droite du premier rang. Debout !

Guillaume se leva docilement.

– Récite-moi la table des 3 à l'envers ! aboya Mlle Legourdin.

– A l'envers ? bégaya Guillaume. Mais je... je l'ai pas apprise à l'envers.

– Et voilà, s'exclama Mlle Legourdin, triomphante. Elle ne vous a rien appris ! Candy, pourquoi ne leur avez-vous rien appris du tout pendant la dernière semaine ?

– Mais ce n'est pas vrai, madame la directrice, dit Mlle Candy. Ils ont tous appris leur table des 3. Mais je ne vois pas l'intérêt de la leur apprendre à l'envers. A quoi sert d'apprendre quoi que ce soit à l'envers ? Le but de l'existence, madame la directrice, c'est d'aller de l'avant. Je me demande même si vous, par exemple, pourriez épeler un simple mot comme « faux » à l'envers sans réfléchir... Et je me permets d'en douter.

– Pas d'impertinences avec moi, mademoiselle Candy ! cria Mlle Legourdin.

Puis elle se tourna vers le malheureux Guillaume.

– Très bien, mon garçon, dit-elle... Réponds à cette question. J'ai sept pommes, sept oranges et sept bananes. Combien de fruits cela fait-il ? Dépêche-toi ! Allons, vite, réponds !

– Mais c'est... c'est une addition ! s'écria Guillaume. Ce n'est pas la table des 3.

– Misérable crétin ! hurla Mlle Legourdin. Virus ambulant ! Moisissure ! Si, c'est la table des 3 ! Tu as trois tas de sept fruits chacun. 3 fois 7 21. Tu comprends ça, têtard pourri ? Je te donne encore une chance. J'ai huit serins d'Italie, huit serins des Canaries et huit serins comme toi. Ça fait combien de serins en tout ? Réponds vite !

Le pauvre Guillaume était perdu.

– Attendez ! cria-t-il. Attendez, s'il vous plaît ! Il faut que j'additionne huit serins d'Italie et huit serins des Canaries...

Il se mit à compter sur ses doigts.

– Pauvre raclure ! glapit Mlle Legourdin. Extrait de punaise ! Ce n'est pas une addition ! C'est une multiplication ! La réponse est 3 fois 8 ! Ou bien 8 fois 3 ! Quelle est la différence entre 3 fois 8 et 8 fois 3 ? Dis-moi ça, pustule, et grouille-toi !

Cette fois, Guillaume était par trop affolé et ahuri pour pouvoir ouvrir la bouche.

En deux enjambées, Mlle Legourdin le rejoignit et, par un habile tour de gymnastique – judo ou karaté –, elle faucha net du pied les deux jambes de Guillaume qui, décollé brusquement du sol, fit malgré lui une cabriole et se retrouva cul par-dessus tête. La directrice en profita pour l'empoigner en plein vol par la cheville et le tint en l'air, pendu la tête en bas, comme un poulet plumé.

– 8 fois 3, hurla Mlle Legourdin en secouant violemment Guillaume par la jambe. 8 fois 3, c'est la même chose que 3 fois 8 et 3 fois 8 font 24 ! Répète-moi ça !

A ce moment précis, Victor, à l'autre bout de la classe bondit sur ses pieds et le bras tendu vers le tableau noir, les yeux hors de la tête, se mit à crier :

– La craie ! la craie ! Regardez la craie ! Elle bouge toute seule !

Sa voix suraiguë avait pris un tel accent d'hystérie que tout le monde dans la salle de classe, y compris Mlle Legourdin, se tourna vers le tableau. Et là, en effet, un bâton de craie tout neuf commençait à grincer sur la surface sombre du tableau.

– *Elle écrit quelque chose !* hurla Victor. *La craie écrit quelque chose !*

Et c'était vrai ! La craie s'était mise à écrire.

– Par l'enfer ! Qu'est-ce que c'est que ça ? hurla Mlle Legourdin.

En voyant son prénom écrit par une main invisible, elle avait vacillé.

Laissant retomber Guillaume sur le sol, elle cria dans le vide :

– Qui fait ça ? Qui écrit ça ?

La craie continuait à tracer des mots. Chacun de sa place entendit le cri qui s'étrangla dans la gorge de Mlle Legourdin.

– Non ! hurla-t-elle. Non, c'est impossible ! Ça ne peut pas être Magnus !

Oui, je suis Magnus.
Crois-le bien.

Du fond de la classe, Mlle Candy lança un bref coup d'œil à Matilda. La petite fille était assise, très droite, à son pupitre, la tête haute, les lèvres serrées et ses yeux scintillaient comme des étoiles. Tous les yeux étaient maintenant fixés sur Mlle Legourdin. Le visage de la directrice était devenu d'une blancheur de neige et sa bouche s'ouvrait et se fermait comme celle d'une lotte tirée hors de l'eau, en émettant une série de hoquets étouffés.

Agatha, rends à ma Jenny
sa maison

Donne à ma Jenny son salaire
Donne à ma Jenny la maison
Et va-t'en.
Si tu refuses, je viendrai te tuer.
Je viendrai et je te tuerai
comme tu m'as tué.
J'ai l'œil sur toi
Agatha —.

La craie cessa d'écrire, resta un instant suspendue en l'air puis tomba soudain sur le sol où elle se brisa en deux.

Guillaume qui, tant bien que mal, avait regagné sa place se mit à glapir.

– Mlle Legourdin est tombée ! Mlle Legourdin est par terre !

La nouvelle était prodigieuse, et tous les élèves bondirent de leurs places pour venir voir le spectacle de plus près. En effet, l'immense carcasse de la directrice gisait là, étalée sur le dos, sans connaissance.

Mlle Candy courut s'agenouiller auprès de la géante inerte et se pencha sur elle.

– Elle est évanouie ! s'écria-t-elle. Elle s'est trouvée mal ! Vite ! Allez chercher l'infirmière.

Trois enfants sortirent en courant de la classe.

Victor, toujours prêt à l'action, s'élança pour empoigner le gros pichet d'eau.

– Mon père dit que l'eau froide, c'est ce qu'il y a de mieux pour réveiller quelqu'un qui s'est évanoui, déclara-t-il.

Sur quoi, il bascula le récipient et en versa tout le contenu sur la tête de Mlle Legourdin. Personne, pas même Mlle Candy, n'émit la moindre protestation.

Quant à Matilda, elle était restée immobile, assise à son pupitre. Envahie d'un étrange soulagement, il lui semblait avoir approché un univers hors de ce monde, le point le plus élevé des cieux, l'étoile la plus lointaine. Elle avait clairement ressenti l'afflux des forces mystérieuses derrière ses yeux, une sorte de jaillissement liquide et chaud à l'intérieur de sa tête. Puis ses yeux étaient devenus plus brûlants qu'ils ne l'avaient

jamais été auparavant. Les ondes avaient rayonné de
ses orbites ardentes, le bâton de craie s'était élevé en
l'air et avait commencé à écrire. Elle avait presque
l'impression de n'avoir rien fait tant l'opération s'était
déroulée avec facilité.

L'infirmière de l'école, suivie de cinq professeurs,
trois femmes et deux hommes, fit irruption dans la
classe.

— Sacredieu ! Enfin quelqu'un l'a envoyée au tapis !
s'écria l'un des hommes. Félicitations, mademoiselle
Candy.

– Qui lui a jeté de l'eau à la figure ? demanda l'infirmière.

– Moi, déclara Victor avec fierté.

– Bravo ! lui dit un autre professeur. On l'arrose un peu plus ?

– Arrêtez ! dit l'infirmière. Il faut la transporter à l'infirmerie.

Les cinq professeurs et l'infirmière suffirent à peine pour soulever l'énorme créature et l'emporter en zigzaguant hors de la classe.

Mlle Candy dit alors aux élèves :

– Maintenant, allez donc tous jouer dans la cour de récréation jusqu'à la prochaine classe.

Puis elle se détourna et alla effacer avec soin toutes les phrases écrites par la craie.

Les enfants sortirent à la queue leu leu de la pièce. Matilda leur emboîta le pas mais, en passant devant Mlle Candy, elle s'arrêta brièvement ; son regard étincelant croisa celui de Mlle Candy qui courut vers elle et l'étreignit avec force en lui donnant un fougueux baiser.

Et c'est ainsi que...

Vers la fin de la journée commença à se répandre la nouvelle selon laquelle la directrice, revenue à elle, était sortie à grands pas de l'école, le visage blême et la bouche crispée.

Le lendemain matin, elle ne parut pas à l'école. A l'heure du déjeuner, M. Trilby, le directeur adjoint, téléphona chez elle pour s'enquérir de sa santé. Personne ne répondit.

Une fois l'école finie, M. Trilby décida de pousser plus loin son enquête et se rendit à pied à la maison où habitait Mlle Legourdin en lisière du village. C'était une gracieuse demeure de brique de style géorgien connue sous le nom de *La Maison rouge,* enfouie dans un bois derrière une hauteur.

Il sonna à la porte. Pas de réponse.

Il frappa avec énergie. Pas de réponse.

Il appela :

– Il y a quelqu'un ?

Pas de réponse.

Il tourna la poignée et constata avec surprise que la porte n'était pas fermée. Il entra.

Un profond silence régnait dans la maison. Il n'y avait personne mais tout le mobilier était en place.

M. Trilby monta jusqu'à la grande chambre de maître. Tout lui parut normal jusqu'à ce qu'il prît l'initiative d'ouvrir les tiroirs et de fouiller les armoires. Il n'y avait plus trace de vêtements, de linge ou de souliers. Tout avait disparu.

« Elle est partie », se dit-il, et il alla prévenir les administrateurs de l'école que la directrice s'était apparemment volatilisée.

Le matin suivant, Mlle Candy reçut une lettre recommandée venant d'un cabinet d'avoués local et l'informant que les dernières volontés et le testament de feu son père, le docteur Candy, avaient soudain et mystérieusement réapparu. Ce document lui apprit que, depuis la mort de son père, Mlle Candy avait été en réalité la véritable propriétaire d'une maison appelée *La Maison rouge,* occupée jusqu'à une date récente par une Agatha Legourdin. Le testament lui révéla également qu'elle héritait du capital économisé par son père et qui, par bonheur, se trouvait toujours en sûreté à la banque. La lettre de l'avoué ajoutait que si Mlle Candy voulait bien appeler son bureau le plus tôt possible, la propriété et l'argent seraient transférés à son nom dans les plus brefs délais.

Mlle Candy suivit les instructions données et, quinze jours plus tard, elle emménageait dans *La Maison rouge,* le lieu même où elle avait passé toute son enfance et où les meubles et les tableaux de famille étaient toujours en place. A dater de ce jour-là, Matilda devint une visiteuse toujours bien accueillie de *La Maison rouge* chaque soir après la classe, et une étroite amitié lia bientôt la petite fille et sa maîtresse.

A l'école également allaient intervenir de grands changements. Dès qu'il fut bien clair que Mlle Legourdin avait définitivement disparu de la scène, l'excellent M. Trilby fut nommé à sa place directeur de l'établissement. Et, peu après, Matilda fut reçue dans la classe des grands où Mlle Basquet put rapidement constater que cette stupéfiante enfant était en tout point aussi brillante élève que le lui avait assuré Mlle Candy.

Un soir, quelques semaines plus tard, Matilda prenait le thé avec Mlle Candy dans la cuisine de *La Maison rouge,* après l'école selon leur habitude, quand Matilda déclara soudain :

– Il m'arrive une chose étrange, mademoiselle Candy.

– Quoi donc, Matilda ?

– Ce matin, simplement pour m'amuser, j'ai essayé de déplacer quelque chose avec mes yeux et je n'y suis pas arrivée. Rien n'a bougé. Je n'ai même pas senti cette chaleur qui m'envahissait les autres fois. Mon pouvoir a disparu. Je crois que je l'ai complètement perdu.

Mlle Candy beurra avec soin une tranche de pain bis et étala dessus un peu de confiture de fraises.

– Je m'y attendais un peu, dit-elle.

– Vraiment ? Pourquoi ? demanda Matilda.

– Eh bien, dit Mlle Candy, ce n'est qu'une supposition, mais voilà ce que je pense. Quand tu étais dans ma classe, tu n'avais rien à faire, aucun but à viser réclamant un effort de ta part. Ton cerveau spécialement développé devenait malade de frustration. Il bouillonnait follement dans ton crâne. Une formidable énergie s'y emmagasinait sans aucune voie de sortie et, d'une façon ou d'une autre, tu as réussi à expulser cette énergie en la projetant par tes yeux et en faisant bouger des objets. Mais, aujourd'hui, c'est tout différent. Tu es dans la grande classe avec des enfants qui ont plus du double de ton âge, et toute cette énergie mentale, tu la consumes en étudiant. Pour la première fois, ton cerveau doit s'employer à fond pour se maintenir au niveau des autres et c'est parfait. Remarque, ce n'est jamais qu'une théorie, et elle est peut-être stupide, mais je ne crois pas être très loin de la vérité.

– Je suis contente que ce soit arrivé, dit Matilda. Je n'aurais pas voulu continuer à vivre avec ces histoires de miracles.

– Tu en as assez fait, dit Mlle Candy. J'ai encore bien du mal à me rendre compte de tout ce que tu as fait pour moi.

Matilda, perchée sur un haut tabouret devant la table de la cuisine, savourait sans hâte sa tartine. Elle aimait tant ces fins d'après-midi en compagnie de Mlle Candy ! Elle se sentait parfaitement à l'aise avec elle et toutes deux se parlaient à peu près comme des égales.

– Saviez-vous, demanda brusquement Matilda, que le cœur d'une souris bat à 650 pulsations par minute ?

– Non, je ne le savais pas, dit Mlle Candy, en souriant. Où as-tu lu ça ? C'est fascinant.

– Dans un livre de la bibliothèque, dit Matilda. Autrement dit, il bat si vite qu'on ne peut même pas entendre les battements. Ça doit donner l'impression d'un bourdonnement.

– Certainement.

– Et, d'après vous, à quelle vitesse bat le cœur d'un hérisson ? demanda Matilda.

– Dis-le-moi donc.

– Pas aussi vite qu'une souris. Trois cents fois par minute, dit Matilda. N'empêche, vous n'auriez jamais pensé que le cœur d'un animal aussi lent battait si vite, n'est-ce pas, mademoiselle Candy ?

– Certainement pas, dit Mlle Candy, toujours souriante. Raconte-moi encore.

– Le cheval, par exemple, dit Matilda a le cœur très lent. Quarante battements par minute seulement.

« Cette enfant, pensa Mlle Candy, paraît vraiment s'intéresser à tout. Avec elle, il est impossible de s'ennuyer. C'est délicieux. »

Toutes deux s'attardèrent à bavarder dans la cuisine pendant une bonne heure puis, vers six heures, Matilda dit bonsoir à Mlle Candy et regagna la maison de ses parents qui se trouvait à moins de dix minutes à pied. Lorsqu'elle parvint au portail, elle vit garée devant une grosse Mercedes noire. Elle n'y prêta guère attention. Il y avait souvent des voitures inconnues en stationnement devant chez elle. Mais, à peine le seuil de la maison franchi, elle tomba sur un véritable capharnaüm : dans le hall d'entrée, sa mère et son père enfournaient frénétiquement des vêtements et toutes sortes d'objets dans les valises.

– Mon Dieu, qu'est-ce qui se passe ? s'écria-t-elle. Papa, qu'est-ce qui arrive ?

– On s'en va, répondit M. Verdebois sans lever le nez. On file à l'aérodrome dans une demi-heure. Alors, fais tes paquets en vitesse ! Allez, remue-toi ! Grouille !

– On part ? s'écria Matilda. Mais où ?

– En Espagne, dit le père. Le climat est bien meilleur là-bas que dans ce fichu pays.

– L'Espagne ! s'exclama Matilda. Mais je ne veux pas aller en Espagne ! J'aime être ici ; j'aime mon école.

– Fais ce qu'on te dit et ne discute pas, aboya son père. J'ai déjà assez d'ennuis sans que tu viennes me casser les pieds !

– Mais, papa...

– Ferme-la ! cria son père. On part dans une demi-heure ! Je veux surtout pas rater l'avion !

– Mais pour combien de temps, papa ? demanda Matilda. Quand reviendra-t-on ?

– On revient pas, dit son père. Maintenant, du vent ! Je suis occupé.

Matilda lui tourna le dos et ressortit sur le perron. Dès qu'elle fut dans la rue, elle se mit à courir. Elle fila droit jusqu'à la maison de Mlle Candy qu'elle atteignit en moins de quatre minutes. A toutes jambes, elle remonta l'allée et vit soudain Mlle Candy dans le jardin au milieu d'un massif de rosiers, qui s'affairait avec un sécateur. Mlle Candy, qui avait entendu les pas précipités de Matilda sur le gravier, se redressa et sortit du massif tandis que l'enfant s'élançait vers elle.

– Mon Dieu, mon Dieu ! dit-elle. Qu'est-ce qui t'arrive ?

Matilda se tenait devant elle, hors d'haleine, son petit visage empourpré par la course.

– Ils s'en vont ! cria-t-elle. Ils sont tous devenus fous, ils font leurs valises et ils partent pour l'Espagne dans une demi-heure !

– Qui ? demanda calmement Mlle Candy.

– Maman, papa et mon frère Michael, et ils disent que je dois partir avec eux !

– Tu veux dire en vacances ? demanda Mlle Candy.

– *Pour toujours !* s'écria Matilda. Papa dit qu'on ne reviendra jamais !

Il y eut un court silence, puis Mlle Candy déclara :

— Entre nous, ça ne m'étonne pas tellement.

— Vous voulez dire que vous *saviez* qu'ils s'en iraient ? s'exclama Matilda. Pourquoi ne m'avez-vous rien dit ?

— Non, ma chérie, répondit Mlle Candy. Je ne savais pas qu'ils allaient partir, mais la nouvelle ne me surprend pas.

— Pourquoi ? cria Matilda. Je vous en prie ; dites-moi pourquoi.

Elle était encore essoufflée et sous le choc de la surprise.

— Parce que ton père, expliqua Mlle Candy, est associé à une bande d'escrocs. Tout le monde le sait dans le village. En fait, je crois qu'il est receleur de voitures volées venant des quatre coins du pays. Il est compromis jusqu'au cou.

Matilda la considéra bouche bée.

Mlle Candy poursuivit :

— Les gens amenaient des voitures volées à l'atelier de ton père qui changeait les plaques, peignait les carrosseries d'une autre couleur. Et, maintenant, on l'a sûrement prévenu qu'il avait la police aux trousses et il fait ce que font tous les escrocs, il file dans un pays où on ne peut pas le rattraper. Il a dû envoyer là-bas depuis des années de l'argent qui sera à sa disposition dès son arrivée.

Toutes deux se tenaient sur la pelouse devant la maison de brique rouge avec son toit de vieilles tuiles et ses hautes cheminées. Mlle Candy avait toujours son sécateur à la main. C'était une chaude soirée aux reflets cuivrés ; un merle chantait quelque part dans le jardin.

— Je ne veux pas aller avec eux ! s'écria brusquement Matilda. Non, je n'irai pas avec eux !

— J'ai peur que tu y sois obligée, dit Mlle Candy.

— Je veux vivre ici avec vous, cria Matilda. Je vous en prie, gardez-moi près de vous !

— Je ne demande pas mieux, mais je crains que ce ne soit impossible. Tu ne peux pas quitter tes parents simplement parce que tu en as envie. Ils ont le droit de t'emmener avec eux.

— Mais s'ils étaient d'accord ? s'écria Matilda d'un ton pressant. S'ils disaient oui... que je peux rester avec vous ? Alors vous me garderiez près de vous ?

— Bien sûr, dit doucement Mlle Candy. Ce serait le paradis.

— Vous savez, je crois que c'est possible ! s'écria Matilda. Sincèrement, je pense qu'ils accepteraient. Ils se fichent pas mal de moi !

— Pas si vite, dit Mlle Candy.

— Il faut faire vite, répliqua Matilda. Ils vont partir

d'une minute à l'autre maintenant. Allez, venez ! s'écria-t-elle en saisissant la main de son amie. Vite, venez leur demander avec moi ! Mais dépêchons-nous !

L'instant d'après, toutes deux s'élançaient le long de l'allée puis continuaient à courir sur la route, Matilda tirant en avant Mlle Candy par le poignet. Dans la campagne, puis à travers le village, elles firent une course échevelée, merveilleuse, jusqu'à la maison des parents. La grosse Mercedes noire était toujours là avec son coffre et toutes ses portières ouvertes.

M. et Mme Verdebois ainsi que leur fils Michael s'activaient autour comme des fourmis, empilant paquets et valises lorsque Matilda et Mlle Candy arrivèrent hors d'haleine.

– Papa, maman ! cria Matilda à bout de souffle. Je ne veux pas partir avec vous ! Je veux rester ici et

vivre avec Mlle Candy et elle dit que je peux si vous m'en donnez la permission ! S'il vous plaît, dites oui ! Papa, je t'en prie, dis oui ! Dis oui, maman !

Le père se retourna et dévisagea Mlle Candy.

– C'est vous l'instite qu'est venue un jour me voir, non ? dit-il.

Puis il repiqua du nez dans la voiture pour ranger les bagages.

– Celle-là, lui dit sa femme, faudra la mettre sur le siège arrière. Y a plus de place dans le coffre.

– J'aimerais tant garder Matilda, dit Mlle Candy. Je veillerai sur elle avec tendresse, monsieur Verdebois, et je me chargerai de tous les frais. Elle ne vous coûtera pas un sou. Mais ce n'est pas mon idée, c'est celle de Matilda. Et je ne la prendrai avec moi qu'avec votre consentement.

– Allez, Henri, dit la mère, en poussant une lourde valise sur la banquette arrière. Pourquoi qu'on la laisserait pas aller si c'est ça qu'elle veut ? Ça fera toujours un souci de moins.

– Je suis pressé, dit le père. J'ai un avion à prendre, bon sang. Si elle veut rester, qu'elle reste. J'ai rien contre.

Matilda sauta dans les bras de Mlle Candy et se pelotonna contre elle. Mlle Candy lui rendit son étreinte alors que la mère, le père et le frère s'engouffraient dans la voiture qui démarra dans un long crissement de pneus. Michael fit un vague salut de la main par la lunette arrière, mais les deux autres occupants de la voiture ne se retournèrent même pas. Mlle Candy serrait toujours la petite fille dans ses bras et toutes deux, sans dire un mot, regardèrent la grosse voiture noire qui prenait le virage sur les chapeaux de roues au bout de la route et disparaissait à jamais dans le lointain.

Table

Roald Dahl

Matilda

Supplément réalisé par
Marie Farré

Illustrations de Quentin Blake

SOMMAIRE

ÊTES-VOUS UN RAT DE BIBLIOTHÈQUE ?

ÊTES-VOUS UN RAT DE BIBLIOTHÈQUE ?

Êtes-vous, comme Matilda, un insatiable lecteur – ou une insatiable lectrice ? Arpentez-vous les allées d'une bibliothèque avec la tranquille assurance de César sur un champ de bataille, au soir d'une victoire ? Ou les livres vous intimident-ils encore ? Pour le savoir, répondez aux questions de ce test. Vous ferez ensuite le compte des □, ○ et △ obtenus et vous vous reporterez à la page des solutions.

1. *Quel genre d'ouvrages dévorez-vous le plus volontiers ?*
A. Des documentaires □
B. Des bandes dessinées △
C. Des ouvrages de fiction ○

2. *Le célèbre Cambrioleur de Livres pénètre chez vous en l'absence de vos parents. Quels livres lui donnerez-vous pour être débarrassé de lui ?*
A. Le contenu de la bibliothèque △
B. Vos livres de classe □
C. Pas de danger qu'il vienne : le Cambrioleur de Livres, c'est vous ! ○

3. *Vous avez prêté votre livre préféré à votre meilleur ami qui vous avoue l'avoir égaré. Comment réagissez-vous ?*
A. Bah ! Vous aussi, vous êtes coutumier de ce genre d'étourderie… △
B. Vous courez en acheter un autre exemplaire □
C. Vous n'adressez plus la parole à cet ami ○

4. *Tout récemment, vous avez adoré le roman d'un auteur dont, jusqu'à présent, vous n'aviez lu aucun ouvrage :*
A. Vous lisez tous les livres de cet auteur ○
B. Vous en parlez à vos amis □
C. Les livres de cet auteur ne se trouvent pas à la bibliothèque et vous l'oubliez △

5. *L'un de vos livres est maculé de taches de chocolat parce que :*
A. Vous avez posé votre bol dessus △
B. Vous l'aimez tant que vous continuez à le lire en mangeant votre goûter ○
C. Vous n'aviez pas remarqué qu'il se trouvait sur la table de la cuisine ▢

6. *Votre maison brûle. Quel livre choisirez-vous de sauver ?*
A. « Le Petit Nicolas » ▢
B. Le dernier « Astérix » △
C. Vous préféreriez brûler avec vos livres plutôt que d'en perdre un seul ! ○

7. *Combien de livres lisez-vous, en moyenne ?*
A. Un par jour ○
B. Un par semaine ▢
C. Plutôt un par mois… △

8. *La bibliothécaire de votre quartier est :*
A. Une inconnue pour vous △
B. Une amie avec laquelle vous pouvez parler pendant des heures de vos livres favoris ○
C. Sympathique mais, pour le choix de vos lectures, vous préférez suivre les conseils de vos amis ▢

9. *Quel est votre moment préféré pour lire ?*
A. Le soir dans votre lit ▢
B. Toute la journée et même la nuit ! ○
C. Pendant les cours de maths… △

10. *Quand vous avez fini un livre :*
A. Vous le jetez △
B. Vous le rangez soigneusement dans votre bibliothèque pour pouvoir le relire ○
C. Vous le prêtez à qui en a envie ▢

11. *Dans quelle position aimez-vous lire ?*
A. Assis à votre bureau △
B. Couché ▢
C. A plat ventre ○

12. *Choisissez le titre de votre première œuvre :*
A. « Le Manuel du parfait bricoleur » △
B. « Le Mystère du téléphérique » ▢
C. « Comment je vois le monde » ○

1
AU FIL DU TEXTE

Avez-vous bien lu *Matilda* ?

Voici vingt questions auxquelles vous devrez répondre, sans vous reporter au texte, bien sûr. Cochez la réponse que vous estimerez être la bonne. Lorsque vous aurez répondu à toutes les questions, courez à la page des solutions, vous saurez alors si vous êtes aussi bon lecteur que Matilda !

1. *Les parents de Matilda s'appellent :*
A. Verdelet
B. Verbois
C. Verdebois

2. *Le premier livre que Matilda a lu est :*
A. « La Cuisine pour tous »
B. « La Cuisine pour vous »
C. « La Cuisine facile »

3. *La mère de Matilda joue tous les après-midi :*
A. Au loto
B. Au tiercé
C. Aux dominos

4. *Que fait le père de Matilda aux compteurs des voitures d'occasion qu'il achète ?*
A. Il les ramène à zéro
B. Il les ramène à moins de vingt mille kilomètres
C. Il les jette

5. *Quelle sorte de couvre-chef porte le père de Matilda ?*
A. Une casquette
B. Un béret
C. Un chapeau en tweed plat

6. *Lorsqu'il surprend sa fille en train de lire « Le Poney rouge » de Steinbeck, le père de Matilda :*
A. Le jette au feu
B. En arrache les pages
C. Le piétine

7. *Quelle phrase saugrenue répète le perroquet emprunté par Matilda ?*
A. « Faites vos jeux »
B. « Comptez vos paris »
C. « Numérotez vos abattis »

8. *Matilda franchit pour la première fois le seuil de l'école :*
A. A cinq ans
B. A cinq ans et demi
C. A quatre ans et demi

9. *Quel est le prénom
de Mlle Candy ?*
A. Jennifer
B. Jenny
C. Milly

10. *Le premier jour de
classe, Mlle Candy met
ses élèves en garde contre
Mlle Legourdin. Elle leur
conseille :*
A. De ne pas avoir l'air de
comprendre ses questions
B. D'obéir à tous ses ordres
C. De prendre la fuite

11. *Matilda écrit, dans
son quatrain au sujet
de Mlle Candy :*
A. Qu'il n'y a pas plus
gentille dame
B. Qu'il n'y a pas plus
joli visage
C. Qu'il n'existe pas
plus douce voix

12. *Pourquoi Mlle Candy
décide-t-elle de rendre visite
aux parents de Matilda ?*
A. Parce qu'elle veut leur
conseiller de se méfier
de la directrice
B. Parce qu'elle veut
les convaincre des
remarquables dons
de leur fille
C. Parce qu'elle souhaite
obtenir leur autorisation
pour donner des leçons
particulières à Matilda

13. *Selon la mère
de Matilda, à quoi doit
songer une petite fille ?*
A. A décrocher
un bon mari
B. A décrocher
une belle situation
C. A se faire un tas d'argent

14. *Qu'est-ce que
l'Étouffoir ?*
A. C'est un placard dans
lequel on enferme les
enfants jusqu'à ce qu'ils
meurent privés d'air
B. C'est un supplice qui
consiste à chatouiller les
enfants jusqu'à ce qu'ils
s'étouffent de rire
C. C'est un placard étroit où
les enfants ne peuvent ni
s'asseoir, ni s'accroupir, ni
s'appuyer aux parois

15. *Hortense a connu
l'expérience de l'Étouffoir.
Qu'avait-elle fait ?*
A. Elle avait tartiné les
culottes de la directrice
de sirop d'érable
B. Elle les avait
saupoudrées de poil
à gratter
C. Elle y avait glissé
quelques araignées

16. *Dans sa jeunesse, Mlle Legourdin a participé aux jeux Olympiques. Quelle était sa spécialité ?*
A. Le lancer du marteau
B. Le lancer de javelot
C. Le lancer de poids

17. *Quelle farce Anémone projette-elle de faire à la directrice ?*
A. Poser un dentier sur son bureau
B. Introduire un crâne dans son cartable
C. Glisser un triton dans son pichet d'eau

18. *Mlle Candy est pauvre, car :*
A. Elle doit nourrir ses vieux parents
B. Sa tante lui confisque la plus grande partie de son salaire
C. Elle est dépensière

19. *Qui est la tante de Mlle Candy ?*
A. La mère de Matilda
B. Mlle Legourdin
C. La sorcière du village

20. *Mlle Legourdin a commis un crime abominable. Comment le lecteur l'apprend-il ?*
A. Une lettre anonyme circule dans le village
B. Une craie, guidée par la volonté de Matilda, écrit au tableau la terrible révélation
C. Le perroquet entre dans la salle de classe et répète une conversation surprise bien des années auparavant

Solutions page 265

Dans la peau d'une sauterelle

Comparer un être humain à un animal est un procédé humoristique connu. Toutefois, il ne peut manquer de surprendre dans un bulletin scolaire ! Relisez la page 12. Quels animaux illustrent les portraits de Vanessa et de Gaston? Comment Roald Dahl construit-il sa comparaison ?

Sur le même modèle, vous essaierez successivement de comparer :

– René à un porcelet
– Martha à un rhinocéros
– Ulysse à un termite

– Antonin à un chien de garde
– Camélia à une hyène

Vous pouvez varier à l'infini…

Solutions page 266

Éloges aberrants

Bien des parents se désolent de voir leurs rejetons dédaigner la lecture, mais M. et Mme Verdebois, eux, ne se réjouissent nullement des dons exceptionnels de leur fille. « Les intellectuelles, j'en ai rien à faire, dit la mère de Matilda, une gamine doit penser à se faire belle pour pouvoir décrocher un bon mari, plus tard. » (p. 99) De ce point de vue, l'intelligence peut certainement être considérée comme un handicap !
Renversons complètement les valeurs en essayant d'imaginer, en cinq ou six lignes, le discours élogieux de parents fiers de leur enfant :

paresseux - insolent - hypocrite - brutal - menteur - tricheur - chapardeur

(par exemple : « Il est insolent ? mais non ! Il a de l'autorité et sait en imposer aux autres. Il a l'étoffe d'un chef. »)

Insultes choisies

« Ce bubon, ce furoncle, cet anthrax, ce phlegmon pustuleux ! » (p. 120) Pauvre Julien ! Méritait-il cette avalanche de mots malsonnants ? Quant à vous, si vous souhaitez élargir votre répertoire d'insultes, vous chercherez dans le dictionnaire la signification de ces termes. Vous y prendrez peut-être goût, et déciderez d'affronter vos camarades de classe en organisant un concours d'insultes où la richesse de votre vocabulaire et votre rapidité d'esprit seront vos meilleurs alliés. Choisissez un thème et donnez libre cours à votre inspiration, jusqu'à épuisement de l'un des adversaires. Les noms de maladies se prêtent particulièrement bien à ce jeu, mais aussi les noms d'animaux préhistoriques, les noms de légumes, de catastrophes naturelles ou de plats mijotés…

Méritent-ils leur nom ?

Mlle Candy et la redoutable Mlle Legourdin portent leur nom à merveille. Dans ce dessin se sont donné rendez-vous quelques maîtres et maîtresses d'école qui méritent bien leur nom. Saurez-vous les reconnaître ?

M. Du Harpon - Mme Lendormie - Mlle Violette - M. Lampoule - Mlle La Trique - M. Bonami - Mme Typhon.

Solutions page 266

Trouvez l'intrus

Si vous avez lu attentivement *Matilda*, vous réussirez à trouver l'intrus qui s'est glissé dans chacune de ces trois listes de mots :

1. Livres - voitures - fantôme - superglu - Matilda - teinture - Candy - gâteau - arithmétique - parents - idée - Legourdin - professeur - Anémone - miracle - jeudi.

2. Éric Lencre - Robert - Matilda - Julien Apolon - Amanda Blatt - Jules Bigornot - Hortense.

3. Teinture - saucisses-frites - perroquet - superglu.

Solutions page 266

De maîtresse à...

Qui ne souhaiterait avoir une maîtresse aussi délicieuse que Mlle Candy ? Grâce aux définitions suivantes, vous n'aurez aucune peine à trouver les autres mots se terminant de la même manière.

1.   MAÎTRESSE
2.   ★★★★RESSE
3.   ★★★RESSE
4.   ★★★RESSE
5.   ★★RESSE
6.   ★★RESSE
7.   ★RESSE
8.   ★RESSE

2 : couvre la plaie - 3 : dans l'abandon - 4 : défend ses petits comme personne - 5 : les vices lui doivent une fière chandelle - 6 : croque volontiers le marmot - 7 : la tirer est très amusant - 8 : région d'origine d'un excellent poulet.

Solutions page 266

Le sens des mots

Vous avez lu *Matilda* sans buter sur des mots qui semblaient trop difficiles. Saurez-vous alors retrouver la définition exacte des mots suivants ?

1. *Saugrenu :*
A. Sot et laid
B. Qui surprend par sa bêtise
C. Qui surprend par son étrangeté

2. *Tohu-bohu :*
A. Bruyant tumulte
B. Monde à l'envers
C. Enfer

3. *Tangible :*
A. Qui peut être compris
B. Qui peut être palpé
C. Qui peut être approché

4. *Euphémisme :*
A. Expression qui minimise
B. Figure de style
qui édulcore
C. Flatterie

5. *Engeance :*
A. Le genre humain
B. Société secrète
C. Ensemble de personnes
méprisables

6. *Pochetée :*
A. Personne au
physique disgracié
B. Saleté
C. Imbécile

7. *S'époumoner :*
A. Crier à pleins poumons
B. Avoir le souffle coupé
C. User ses poumons
par divers excès

8. *Paladin :*
A. Chaise à porteurs
B. Souverain oriental
C. Chevalier

9. *Mafia :*
A. Syndicat illicite
B. Société secrète
C. Solidarité parentale

10. *Inexorable :*
A. Que l'on ne peut éviter
B. Que l'on ne peut
atteindre
C. Que l'on ne peut
attendrir

Solutions page 267

Dévorez-vous les livres ?

Saurez-vous reconnaître, grâce à ces indices, les romans que Matilda, lectrice précoce et passionnée, avait déjà lus à l'âge de cinq ans ?

A. Sur la rive du fleuve Limpopo, un crocodile tire la courte trompe d'un éléphanteau.

B. Un jeune garçon rencontre un homme mystérieux qui lui remet une carte non moins mystérieuse.

C. Une orpheline entre au service d'un gentilhomme original et taciturne.

D. S'habiller est, pour lui, plus qu'une simple façon de se faire remarquer.

E. Les voilà qui constituent une communauté, comme les hommes !

Solutions page 267

Lectures croisées

	A	B	C	D	E	F	G	H
1	L	E	C	T	U	R	E	S
2								
3	S	A	R	I		■		
4								
5	E	S	■					
6								
7								
8								

Horizontalement : 1 : Elles transportent Matilda - 2 : Tout enfant l'est pour Mlle Legourdin - 3 : Drapé sur les femmes, en Inde. Parfois super - 4 : Les amies de Matilda ne cessent d'en monter - 5 : En matière de. Peut venir des foins - 6 : Une photo a le sien - 7 : Mlle Candy n'aurait pu en avoir une. Négation - 8 : Tout directeur aime l'être. Bonne ou mauvaise, elle influence le destin.

Verticalement : A : Telle est la main de Mlle Legourdin. Note - B : Grande école. Peu simple - C : A de grands bois. Pendant ce temps, la cigale chante - D : Sépare le bon grain de l'ivraie. Phonétiquement, père de Tintin - E : Rayons de soleil. Adoré en Égypte - F : Comme la blanquette et le miroton - G : Illustre en colorant - H : Méduse.

Solutions page 267

La frêle Mlle Legourdin

Page 85, Roald Dahl présente la directrice en ces termes :

« Il suffisait de regarder son cou de taureau, ses épaules massives, ses bras musculeux, ses poignets noueux, ses jambes puissantes pour l'imaginer capable de tordre des barres de fer ou de déchirer en deux un annuaire téléphonique. »

Si vous remplacez les mots et les adjectifs décrivant Mlle Legourdin par leurs antonymes, c'est-à-dire leurs opposés, et si vous changez les verbes actifs en verbes passifs et vice versa, vous obtiendrez la description d'une charmante et fragile créature :

« Il suffisait de regarder son cou de cygne, ses épaules frêles, ses bras fins et doux, ses poignets délicats, ses jambes fines pour l'imaginer tordue par des barres de fer ou déchirée par des annuaires téléphoniques... »

Sur ce modèle, réécrivez la description de Mlle Candy, page 69, que vous opposerez à celle de Mlle Legourdin.

Holà, paladins !

Si Roald Dahl met souvent en scène des adultes cruels, ses jeunes héros, comme Matilda, partent volontiers en guerre contre la bêtise et la méchanceté. Ils représentent une sorte de justice immanente. Si vous avez lu les romans de Roald Dahl, vous n'aurez aucun mal à reconnaître les titres où apparaissent ces jeunes justiciers.

1. Avec sa grand-mère, il part en guerre contre d'étranges créatures chauves et pourvues de griffes.
2. Il observait tranquillement les oiseaux lorsqu'il est pris en charge par deux adolescents excités.
3. Lassés d'être en cage et maltraités, ils se vengent de leurs persécuteurs avec panache.
4. Il veut grandir et se révolte contre l'abominable personnage qui essaie de le ratatiner.
5. Traqué par sa famille, il va employer les ressources de son imagination pour rouler ses poursuivants.

Solutions page 267

Pouvoirs étranges

Matilda est douée de télékinésie, c'est-à-dire qu'elle peut déplacer des objets sans les toucher. Mais elle aurait pu posséder d'autres pouvoirs, par exemple la télépathie, la précognition ou le don de se rendre invisible… L'histoire que vous venez de lire – ou du moins son dénouement – aurait alors été différente. Vous essaierez de raconter, en une vingtaine de lignes, la fin de *Matilda*, dans chacune de ces hypothèses.

Petits dieux, petits génies

Mlle Candy se rend très vite compte que Matilda est une enfant prodige. A son propos, elle évoque le cas de Mozart qui composa sa première œuvre pour piano à l'âge de cinq ans. La mythologie, l'histoire de l'art et de la littérature nous offrent maints exemples d'enfants remarquables par la précocité de leurs dons. Saurez-vous reconnaître ces petits dieux ou ces petits génies ?

1. Né à l'aube, à midi il était déjà assez grand pour sortir de sa grotte. Aussitôt il tua une tortue et confectionna la première lyre avec la carapace et des boyaux de mouton.

2. A quinze ans, il composa un poème que tous les écoliers ont, depuis, appris par cœur.

3. A huit ans, il étouffa deux serpents que sa belle-mère, jalouse, avait introduits dans sa chambre.

4. A seize ans, il écrivit un remarquable essai de géométrie dans l'espace, qui fut acclamé par toute la communauté scientifique.

5. Adulé par l'aristocratie de Varsovie, il donna son premier récital à l'âge de huit ans.

Solutions page 267

La grille des supplices

L'Étouffoir de Mlle Legourdin évoque les cages utilisées du temps de Louis XI, dans lesquelles le prisonnier ne pouvait ni s'étendre ni se tenir debout. Retrouvez les supplices raffinés dissimulés dans cette grille…

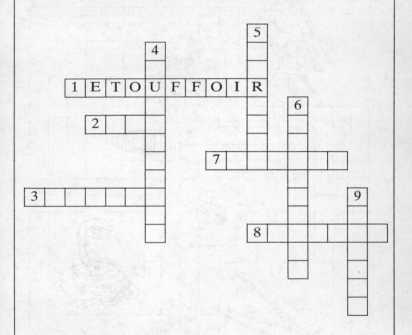

1. <u>Étouffoir</u>
2. Pourfend de part en part
3. Y mettre un condamné, c'est l'exposer
4. A tâté le cou des plus grands
5. Mlle Legourdin l'a remplacé par le lancer d'enfants
6. On peut dire adieu à celui qui y monte
7. Allumé pour la sorcière
8. Ce collier-là ne se reprend pas facilement
9. Et celui-ci se visse jusqu'au bout

Solutions page 268

Le labyrinthe des supplices

Matilda veut rejoindre Mlle Candy. Mais que d'obstacles les séparent ! Aidez-la à éviter les pièges et à arriver saine et sauve près de son amie.

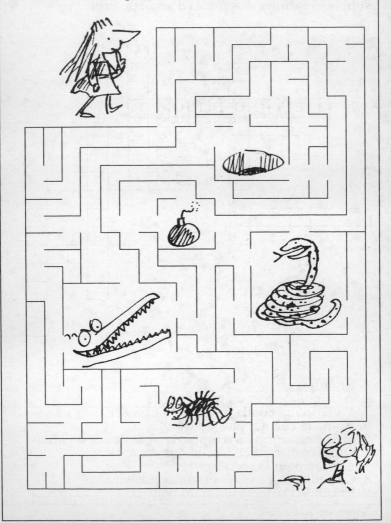

Mots cachés

Seize mots que vous avez fréquemment rencontrés dans *Matilda* se cachent dans cette grille géante. Ne vous laissez pas abuser par les faux amis, et parcourez-la dans tous les sens sans vous égarer !

```
S I A N G P E R R O Q U E T R I
I Q T O R N G I T Q A C T L O G
N Q U M A R T E A U S V O I S L
T T U A T P O R A T E R U D A E
E F R T T A V I E N T G F E U G
L D A I O R T O M S T A F V C O
G M E D R O M I A T A E I R F R
E E L A I L N O N D I C R E F D
N N O V T L D P U T A G O R M I
C S F A N T O M E S E E E Y A N
E Q U A R R E T R N S N A R T O
P E R U N G F N A I S I L N E I
D I R E C T R I C E N E C O L E
G S N P N O S P F F A Y R S L Y
E F R P E N S E R E S N E P T O
```

Mots croisés du marteau

Horizontalement : 1 : Matilda l'a-t-elle jamais vue? Rouge-brun, pour un cheval - 2 : Celui de l'école de Mlle Legourdin est en briques - 3 : Ni humaine ni divine - 4 : On peut le faire à boulets rouges. Conjonction - 5 : Contraire de gain - 6 : Sans taches. Oiseau d'Australie - 7 : Pronom personnel. Marie de France composa celui du chèvrefeuille - 8 : Porter assistance.

Verticalement : A : Il blesse parfois. Donne du lait - B : Agiter comme un pantin - C : Augmenter la longueur - D : Les vers doivent le faire dans Legourdin - E : <u>MARTEAU</u> - F : On le dit de l'âge, quand on a vingt ans. Prince arabe - G : Cléopâtre appréciait son lait - H : Pronom latin. A conseiller en face de Mlle Legourdin, sans f.

	A	B	C	D	E	F	G	H
1	■				■			
2					M			
3					A			■
4					R	■		
5	■				T			■
6				■	E			
7			■		A		■	
8					U			

Le cœur d'une souris

« Saviez-vous, demanda brusquement Matilda, que le cœur d'une souris bat à six cent cinquante pulsations par minute ? » (p. 227)

La curiosité de Matilda est insatiable et touche aux sujets les plus inattendus. Et vous, où se niche votre curiosité ? Saurez-vous, dans les affirmations qui suivent, démêler le vrai du faux ?

1. Quand il est inquiet, le mille-pattes se roule en boule
VRAI/FAUX

2. Pour échapper à un crocodile, il est conseillé de courir en zig-zag, car cet animal met du temps à changer de direction

VRAI/FAUX

3. On reconnaît le caïman à son mugissement
VRAI/FAUX

4. Si une souris entre dans une ruche, les abeilles la piquent et la tuent. Pour conserver le corps du rongeur, elles l'enduisent d'une substance spéciale, la propolis
VRAI/FAUX

5. Les pucerons capturent les fourmis qu'ils réduisent en esclavage

VRAI/FAUX

6. Une abeille peut voler à 15 km/h

VRAI/FAUX

7. Certains termites kamikazes peuvent faire exploser leurs entrailles en face de leur ennemi

VRAI/FAUX

Solutions page 268

Divagations

« Elle perd les pédales. Elle a une araignée au plafond ! » pense Mlle Candy après avoir assisté à une intervention tonitruante de Mlle Legourdin (p. 88). Bien sûr, vous savez ce qu'elle veut dire : Mlle Legourdin est folle à lier.

1. Bien des expressions expriment la même notion. Voici une liste de verbes et une liste de substantifs. A vous de les relier pour retrouver six manières... bien senties de définir la folie !

Avoir - Perdre - Travailler - Battre

Chapeau - Campagne - Grain - Boussole - Timbre fêlé - Boule

2. Pourquoi n'inventeriez-vous pas, sur le même modèle (« avoir une araignée au plafond ») des expressions de votre cru ? Vous essaierez de trouver une définition amusante pour chacune de ces expressions.

Par exemple, « Avoir un cloporte dans les tuyaux » : *propension pathologique à produire des idées noires, visqueuses et morbides dès que le cerveau, déjà tortueux, se met à fonctionner.*
Voilà de quoi enrichir votre vocabulaire, à côté des nombreux synonymes du mot *fou* : fada, fondu, loufoque, maboul, marteau, piqué, siphonné, tapé, tamponné, timbré, zinzin... et bien d'autres dont vous vous amuserez à dresser la liste.

Solutions page 268

Comme ça se prononce

Lors d'une de ses visites hebdomadaires dans la classe de Mlle Candy, la redoutable directrice s'en prend au petit Éric Lencre :

« Tu es peut-être un Lencre mais je te garantis une chose : tu n'es pas indélébile. Et j'aurai vite fait de t'effacer si tu essaies de faire le malin avec moi. Épelle-moi QUOI. » (p. 151)

Sur ce, l'enfant répond : « C. O. U. A. »

C'est ce que l'on appelle l'orthographe phonétique, qui consiste à épeler les mots en ne tenant compte que de leur prononciation. Il y a donc plusieurs façons de les épeler ; ainsi Éric se reprend et épelle successivement C. O. I. puis K. O. I. T.

Pourquoi n'organiseriez-vous pas un concours d'orthographe phonétique ?

Vous pourriez ainsi réécrire un passage de *Matilda*, par exemple une de ces délicieuses tirades anti-enfants dont Mlle Legourdin a le secret : « Oh, taisez-vous, Candy... » (p. 154)

Dans un premier temps, essayez d'utiliser le moins de lettres possibles, ce qui peut donner : *O, tézé vou, Kandi...* Jouez ensuite à qui utilisera le plus de lettres, en respectant la prononciation, bien sûr ! Ensuite, l'un de vous rédigera en dix lignes maximum la défense de l'orthographe phonétique, tandis que l'autre se fera l'avocat de l'orthographe traditionnelle. *Vou liré vo text deven kelke zami é ke le plu convinkan gagn !*

Histoire en dessins

Comme la plupart des récits de Roald Dahl, *Matilda* est illustré par l'extraordinaire Quentin Blake. Ces illustrations, très proches du croquis, sont comme un texte en raccourci. Sans doute pourraient-elles servir de base à une bande dessinée dont vous seriez le scénariste... Tentez l'expérience en ajoutant une ou plusieurs bulles à chaque illustration. Vous avez le droit d'ajouter une légende.

Sur quels points cette forme de narration vous oblige-t-elle à insister ? Quels autres points allez-vous au contraire être conduit à escamoter ? Quel aspect du récit (férocité, tendresse, poésie...) privilégie-t-elle ? Pourquoi ?

Portrait chinois

Vos amis ont adoré *Matilda* ? Jouez avec eux au portrait chinois. L'un d'entre vous sort de la pièce pendant que les autres choisissent un personnage du récit. Il devra deviner le nom de ce personnage, en vous posant des questions comme celles-ci :

Et si c'était un plat, ce serait...
Et si c'était un pays ?
Et si c'était un fruit ? Un animal ? Une maladie ? Une qualité ? Un défaut ?

Toute la difficulté – et aussi l'intérêt – de ce jeu consiste à ne pas répondre par des comparaisons mais par des analogies. Une comparaison est une ressemblance directe : *Cette enfant est piquante comme du vinaigre*. Une analogie est une ressemblance saisie par l'imagination, une évocation... les associations d'idées peuvent aller bon train.

Admettons que vous ayez choisi Matilda. Votre camarade demande : Et si c'était un fruit ? Vous répondez : Une grenade. Il s'agit d'une analogie. Une grenade est un fruit au goût plaisant, aux multiples pépins entourés d'une pulpe rouge. L'apparence et le goût sont donc agréable mais attention, une grenade est également un projectile explosif ! Matilda, adorable petite fille, peut se révéler parfois redoutable... Vous essaierez de trouver d'autres analogies applicables aux personnages principaux du roman de Roald Dahl.

2
LES PARENTS INDIGNES
DANS LA LITTÉRATURE

Le Genévrier

Souvent fort belle et avide de pouvoir et de richesses, la belle-mère des contes écarte avec cruauté tout ce qui s'oppose à ses désirs. Dans ce conte des frères Grimm, la belle-mère hait tellement le fils de son mari qu'elle finira par commettre un meurtre atroce...

« Lorsque le petit garçon fut arrivé en haut, le Malin lui inspira un accueil aimable et des paroles gentilles.

– Veux-tu une pomme, mon fils ?

Mais ses regards démentaient ses paroles car elle fixait sur lui des yeux féroces, si féroces que le petit garçon lui dit :

– Mère, tu as l'air si terrible : tu me fais peur. Oui, je voudrais bien une pomme.

Sentant qu'il lui fallait insister, elle lui dit :

– Viens avec moi !

Et, l'entraînant devant le gros bahut, elle ouvrit le pesant couvercle et lui dit :

– Tiens, prends toi-même la pomme que tu voudras.

Le petit garçon se pencha pour prendre la pomme, et alors le Diable la poussa et boum ! elle rabattit le lourd couvercle avec une telle force que la tête de l'enfant fut coupée et roula au milieu des pommes rouges.

Alors elle fut prise de terreur (mais alors seulement) et pensa : "Ah ! si je pouvais éloigner de moi ce que j'ai fait !" Elle courut dans une autre pièce, ouvrit une commode pour y prendre un foulard blanc, puis elle revint au coffre, replaça la tête sur son cou, la serra dans le foulard pour qu'on ne puisse rien voir et assit le garçon sur une chaise, devant la porte, avec une pomme dans la main. »

J. et W. Grimm,
Contes,
traduit de l'allemand par Armel Guerne
© Flammarion

Peau d'âne

En mourant, la reine accorde au roi son époux la permission de se remarier... à condition qu'il trouve une femme la dépassant en beauté et en vertu. Elle croit ainsi assurer son bonheur : comment pourrait-elle se douter que le roi va tomber amoureux de leur propre fille ?

« Ni la Cour en beautés fertile
Ni la Campagne ni la ville,
Ni les royaumes d'alentour
Dont on alla faire le tour
N'en purent fournir une telle;
L'infante seule était plus belle
Et possédait certains tendres appas
Que la défunte n'avait pas.
Le roi le remarqua lui-même,
Et brûlant d'un amour extrême,
Alla follement s'aviser
Que par cette raison il devait l'épouser.
Il trouva même un casuiste
Qui jugea que le cas pouvait se proposer.
Mais la jeune princesse, triste d'ouïr parler d'un tel amour
Se lamentait et pleurait nuit et jour.

De mille chagrins l'âme pleine,
Elle alla trouver sa marraine
Loin, dans une grotte, à l'écart
De nacre et de corail richement étoffée.
C'était une admirable fée
Qui n'eut jamais de pareille en son art.
Il n'est pas besoin qu'on vous dise
Ce qu'était une fée en ces bienheureux temps;
Car je suis sûr que votre Mie
Vous l'aura dit dès vos plus jeunes ans.
"Je sais, dit-elle en voyant la princesse,
Ce qui vous fait venir ici.
Je sais de votre cœur la profonde tristesse ;
Mais avec moi n'ayez plus de soucis.
Il n'est rien qui vous puisse nuire
Pourvu qu'à mes conseils vous vous laissiez conduire.

Votre père, il est vrai, voudrait vous épouser.
Écouter sa folle demande
Serait une faute bien grande,
Mais sans le contredire on peut le refuser.

Dites-lui qu'il faut qu'il vous donne
Pour rendre vos désirs contents,
Avant qu'à son amour votre cœur s'abandonne,
Une robe qui soit de la couleur du temps.
Malgré tout son pouvoir et toute sa richesse,
Quoique le ciel en tout favorise ses vœux,
Il ne pourra jamais accomplir sa promesse."

Aussitôt, la jeune princesse
L'alla dire en tremblant à son père amoureux
Qui dans le moment fit entendre
Aux tailleurs les plus importants
Que s'ils ne lui faisaient, sans trop le faire attendre,
Une robe qui fût de la couleur du temps
Ils pouvaient s'assurer qu'il les ferait tous pendre. »

Charles Perrault,
Peau d'âne

La Potion magique
de Georges Bouillon

Les adultes, chez Roald Dahl, sont souvent cruels. Les tantes infernales de James et la grosse pêche *tyrannisent leur neveu,* Les Deux Gredins *se jouent des tours pendables et, dans* La Potion magique de Georges Bouillon, *la grand-mère s'amuse à terroriser son petit-fils.*

« Près de la porte, Georges fixait la vieille mégère. Elle le fixait, elle aussi.

"C'est peut-être une... *sorcière* !" se dit Georges. Il avait toujours pensé que les sorcières n'existaient que dans les contes de fées mais, à présent, il n'en était pas sûr.

– Approche-toi, petit, dit-elle, lui faisant signe de son doigt crochu. Approche-toi et je te confierai des secrets...

Georges ne bougea pas.

Grandma non plus.

– Je connais de nombreux secrets, reprit-elle en souriant. (C'était un petit sourire glacial, le sourire d'un serpent qui va mordre.) Approche-toi de Grandma. Elle te chuchotera des secrets.

Georges recula d'un pas, se rapprochant un peu plus de la porte.

– Tu ne dois pas avoir peur de ta vieille Grandma, dit-elle avec un sourire sinistre.

Georges fit un autre pas en arrière.

– Certains d'entre nous, dit-elle (tout à coup, elle se pencha en avant et se mit à chuchoter d'une voix gutturale que Georges n'avait jamais entendue). Certains d'entre nous ont des pouvoirs magiques qui peuvent transformer les créatures humaines...

Un picotement électrique parcourut la colonne vertébrale de Georges. Il commençait à avoir peur.

– Certains d'entre nous, continua la vieille sorcière, ont du feu au bout de la langue, des étincelles dans le ventre et des éclairs au bout des doigts...

Georges tremblait. Ce qui l'effrayait le plus, c'était le visage de Grandma, son sourire figé et ses yeux brillants qui ne cillaient pas.

– Nous savons ce qu'il faut faire pour que tu te réveilles un beau matin avec une longue queue par-derrière.

– Grandma, arrête ! s'écria-t-il.

Georges fonça vers la porte.

– Tu peux toujours courir, dit-elle, tu ne nous échapperas pas...

Georges claqua la porte derrière lui et se réfugia dans la cuisine. »

Roald Dahl,
La Potion magique de Georges Bouillon,
traduit de l'anglais
par Marie-Raymond Farré
© Gallimard

Poil de carotte

Mme Lepic a deux enfants gracieux, adroits et innocemment cruels : Félix et Ernestine. Quelle place reste-t-il pour Poil de Carotte, laid, maladroit et tendre ?

« Poil de Carotte n'aime pas les amis de la maison. Ils le dérangent, lui prennent son lit et l'obligent à coucher avec sa mère. Or, si le jour il possède tous les défauts, la nuit il a principalement celui de ronfler. Il ronfle exprès, sans aucun doute.

La grande chambre, glaciale même en août, contient deux lits. L'un est celui de M. Lepic, et dans l'autre Poil de Carotte va reposer, à côté de sa mère, au fond.

Avant de s'endormir, il toussote sous le drap, pour déblayer sa gorge. Mais peut-être ronfle-t-il du nez ? Il fait souffler en douceur ses narines afin de s'assurer qu'elles ne sont pas bouchées. Il s'exerce à ne point respirer trop fort.

Mais dès qu'il dort, il ronfle. C'est comme une passion.

Aussitôt Mme Lepic lui entre deux ongles, jusqu'au sang, dans le plus gras d'une fesse. Elle a fait choix de ce moyen.

Le cri de Poil de Carotte réveille brusquement M. Lepic, qui demande :

– Qu'est-ce que tu as ?

– Il a le cauchemar, dit Mme Lepic.

Et elle chantonne, à la manière des nourrices, un air berceur qui semble indien.

Du front, des genoux poussant le mur, comme s'il voulait l'abattre, les mains plaquées sur ses fesses pour parer au pinçon qui va venir au premier appel des vibrations sonores, Poil de Carotte se rendort dans le grand lit où il repose à côté de sa mère, au fond. »

Jules Renard,
Poil de Carotte,
© Gallimard

Les Petites Filles modèles

Depuis la mort de son père, Sophie est devenue le souffre-douleur de sa belle-mère. Son seul plaisir est de rendre visite à ses amies Camille et Madeleine, qui la plaignent et tâchent de la distraire. Mais son impulsivité et son caractère entêté lui valent bien des déboires : au cours d'une promenade et malgré les mises en garde de ses amies, Sophie s'approche trop d'une mare et est à deux doigts de se noyer.

« Sophie avait été emportée par Mme de Fleurville et Élisa chez Camille et Madeleine, qui l'accompagnaient. On l'avait également déshabillée, essuyée, frictionnée, et on lui passait une chemise de Camille, quand la porte s'ouvrit violemment et Mme Fichini entra.

Sophie devint rouge comme une cerise; l'apparition furieuse et inattendue de Mme Fichini avait stupéfié tout le monde.

– Qu'est-ce que j'apprends, mademoiselle ? Vous avez sali, perdu votre jolie robe en vous laissant sottement tomber dans la mare ? Attendez, j'apporte de quoi vous rendre plus soigneuse à l'avenir.

Et avant que personne eût le temps de s'y opposer, elle tira de dessous son châle une forte verge, s'élança sur Sophie et la fouetta à bras redoublé, malgré les cris de la pauvre petite, les pleurs et les supplications de Camille et de Madeleine, et les remontrances de Mme de Fleurville et d'Élisa, indignées de tant de sévérité. Elle ne cessa de frapper que lorsque la verge se brisa entre ses mains; alors elle en jeta les morceaux et sortit de la chambre. Mme de Fleurville la suivit pour lui exprimer son mécontentement d'une punition aussi injuste que barbare.

– Croyez, chère dame, répondit Mme Fichini, que c'est le seul moyen d'élever les enfants; le fouet est le meilleur des maîtres. Pour moi, je n'en connais pas d'autres.

Si Mme de Fleurville n'eût écouté que son indignation, elle eût chassé de chez elle une si méchante femme; mais Sophie lui inspirait une pitié profonde : elle pensa que se brouiller avec la belle-mère, c'était priver la pauvre enfant de consolation et d'appui. Elle se fit donc violence et se borna à discuter avec Mme Fichini les inconvénients d'une répression trop sévère. Tous ces raisonnements échouèrent devant la sécheresse de cœur et l'intelligence bornée de la mauvaise mère, et Mme de Fleurville se vit obligée de patienter et de subir son odieuse compagnie. »

Comtesse de Ségur,
Les Petites filles modèles

3
SOLUTIONS DES JEUX

Êtes-vous un rat de bibliothèque ?
(p. 239)

Si vous obtenez une majorité de △ : Pour vous, il y a la lecture-corvée (les « classiques ») et la lecture-plaisir (ces bandes dessinées que vous dévorez en mangeant du chocolat, mm !) Mais tous les livres ne sont pas ennuyeux ! La scène où Matilda remporte une victoire méritée sur l'odieuse Mlle Legourdin ne vous a-t-elle pas paru aussi palpitante que la meilleure des séries T. V. ? Partez à la découverte : des milliers d'aventures vous attendent dans les pages des livres…

Si vous obtenez une majorité de ▢ : Esprit pratique, vous lisez « utile », en fonction de vos passions du moment. Généreux, vous aimez faire découvrir aux autres les livres que vous avez aimés et qui peuvent se rapporter à des domaines aussi variés que les échecs, l'astronomie, la musique ou le sport ! Peut-être ne vous manque-t-il qu'un peu de loisir pour vous enfoncer dans un fauteuil et vous plonger dans cet énorme roman d'aventures que votre tante Juliette vous a offert pour Noël… Essayez, cela en vaut la peine !

Si vous obtenez une majorité de ○ : Nul doute, si la lecture était classée discipline olympique, vous obtiendriez sûrement une médaille d'or ! Inutile de vous vanter les joies que connaissent les lecteurs passionnés : elles sont votre lot quotidien, de même que les menus désagréments qui peuvent les accompagner : rater la bonne station de métro, ne pas entendre les questions que l'on vous pose… Prenez le parti d'en rire et bonnes lectures !

Avez-vous bien lu *Matilda*?
(p. 241)

1 : C (p. 13) - 2 : A (p. 15) - 3 : A (p. 16) - 4 : B (p. 29) - 5 : C (p. 34) - 6 : B (p. 45) - 7 : C (p. 47) - 8 : B (p. 69) - 9 : A (p. 70) - 10 : B (p. 72) - 11 : B (p. 81) - 12 : C (p. 93) -

13 : A (p. 99) - 14 : C (p. 104) - 15 : B (p. 108) - 16 : A (p. 111) - 17 : C (p. 139) - 18 : B (p. 197) - 19 : B (p. 201) - 20 : B (p. 218)

Si vous obtenez plus de 15 bonnes réponses : Matilda n'a pas meilleure mémoire que vous ! Vous n'aurez aucun mal à faire les jeux proposés.

Si vous obtenez de 10 à 15 bonnes réponses : Vous avez lu cette histoire avec grand plaisir, mais un certain nombre de détails vous ont échappé.

Si vous obtenez moins de 10 bonnes réponses : La première apparition de Mlle Legourdin vous aurait-elle impressionné au point de vous frapper de cécité ? Ne tremblez pas : tout se terminera bien...

Dans la peau d'une sauterelle
(p. 243)

Vanessa : sauterelle - Gaston : cigale.

Méritent-ils leur nom ?
(p. 245)

A : M. Lampoule - B : Mme Typhon - C : M. Bonami - D : Mlle Violette - E : Mlle La Trique - F : M. Du Harpon - G : Mme Lendormie

Trouvez l'intrus
(p. 245)

1. Professeur : les autres mots figurent dans les titres de chapitre. **2.** Mlle Legourdin a maltraité tous ces enfants, sauf Matilda. **3.** Seules les saucisses-frites n'ont pas été utilisées pour jouer un tour au père de Matilda.

De maîtresse à...
(p. 246)

Compresse - Détresse - Tigresse - Paresse - Ogresse - Tresse - Bresse.

Le sens des mots
(p. 246)

1 : C - 2 : A - 3 : B - 4 : A - 5 : C - 6 : C - 7 : A - 8 : C - 9 : B - 10 : C.

Dévorez-vous les livres ?
(p. 247)

A. Rudyard Kipling, *Histoires comme ça*
B. R. L. Stevenson, *L'Ile au trésor*
C. Charlotte Brontë, *Jane Eyre*
D. H. G. Wells, *L'Homme invisible*
E. Georges Orwell, *La Ferme des animaux*

Lectures croisées
(p. 248)

Horizontalement : 1 : Lectures - 2 : Énervant - 3 : Sari. Glu - 4 : Coup - 5 : Es. Rhume - 6 : Négatif - 7 : Dot. Ni - 8 : Obéi. Fée.

Verticalement : A : Leste. Do - B : ENA. Snob - C : Cerf. Été - D : Tri. R G - E : UV. Chat - F : Ragoût - G : Enlumine - H : Stupéfie.

Holà, paladins !
(p. 249)

1. *Sacrées sorcières* - 2. *Le Cygne* - 3. *Les Deux Gredins* - 4. *Le Doigt magique* - 5. *Fantastique Maître Renard.*

Petits dieux, petits génies
(p. 250)

1. Zeus
2. Arthur Rimbaud
3. Héraclès
4. Blaise Pascal
5. Frédéric Chopin

La grille des supplices
(p. 251)

1. <u>Étouffoir</u> - 2. Pal - 3. Pilori - 4. Guillotine - 5. Marteau - 6. Échafaud - 7. Bûcher - 8. Carcan - 9. Garrot.

Mots cachés
(p. 253)

Dévorer - Géante - Voltiger - Étouffoir - Marteau - Matilda - École - Directrice - Legourdin - Penser - Quatrain - Génie - Enfants - Perroquet - Fantôme - Intelligence.

Mots croisés du marteau
(p. 254)

Horizontalement : 1 : Mer. Bai - 2 : Bâtiment - 3 : Animale - 4 : Tirer. Si - 5 : Perte - 6 : Pur. Émeu - 7 : Il. Lai - 8 : Secourir.

Verticalement : A : Bât. Pis - B : Manipuler - C : Étirer - D : Rimer. LO - E : <u>Marteau</u> - F : Bel. Émir - G : Anesse - H : It. Uir.

Le cœur d'une souris
(p. 255)

1. Vrai - 2. Vrai - 3. Faux, c'est l'alligator - 4. Vrai - 5. Faux, c'est le contraire - 6. Faux, elle peut atteindre 25 km/h - 7. Vrai.

Divagations
(p. 256)

Avoir un grain - Avoir le timbre fêlé - Perdre la boule - Perdre la boussole - Travailler du chapeau - Battre la campagne.

SI VOUS AVEZ AIMÉ *MATILDA*,
VOUS AIMEREZ LES AUTRES LIVRES DE ROALD DAHL,
PARUS DANS LA COLLECTION FOLIO JUNIOR
ET DANS LA COLLECTION FOLIO JUNIOR
ÉDITION SPÉCIALE

Charlie et la Chocolaterie

Pénétrer dans la fabuleuse chocolaterie de M. Wonka et découvrir avec délectation une rivière de chocolat, des bonbons inusables, des oreillers en pâte de guimauve… le rêve de tous les enfants ! Mais seuls ceux qui possèderont un ticket d'or pourront le réaliser…

Charlie et le Grand Ascenseur de verre

Charlie a hérité la merveilleuse chocolaterie Wonka. Dans un ascenseur de verre, il visite son domaine. Soudain, les commandes ne répondent plus… La suite de *Charlie et la Chocolaterie*.

La Potion magique de Georges Bouillon

Georges est sûr d'une chose : sa grand-mère est une vieille chipie, un fléau, une calamité ! Peut-être même est-elle… sorcière. Le jeune garçon s'enferme dans la cuisine et décide de lui préparer une redoutable potion magique qui aura des effets pour le moins inattendus !

James et la Grosse Pêche

Les parents de James ont été dévorés par un rhinocéros ! Recueilli par deux tantes très sévères, il doit travailler sans relâche. Un jour, un vieil homme lui remet un sac rempli de « petites choses vertes », qu'il laisse malencontreusement tomber au pied du vieux pêcher. Commence alors un voyage fantastique…

FOLIO JUNIOR ÉDITION SPÉCIALE

Le Bon Gros Géant

Sophie ne rêve pas, cette nuit-là, quand elle aperçoit, par la fenêtre de l'orphelinat, une silhouette gigantesque vêtue d'une longue cape noire et munie d'une curieuse trompette. Une main énorme s'approche… et la saisit !

Sacrées sorcières

Ce livre n'est pas un conte de fées, mais une histoire de vraies sorcières. Vous n'y trouverez ni stupides chapeaux noirs ni manches à balais… La vérité est bien plus épouvantable ! Les vraies sorcières ressemblent à n'importe qui…

L'Enfant qui parlait aux animaux

Willy, le Jamaïcain, est très fier de sa prise : une tortue géante qui, couchée sur le dos, agonise en agitant ses grotesques nageoires. Le spectacle fait rire la foule… sauf un petit garçon qui connaît le langage des animaux.

Les Deux Gredins

Qui a dit que les vieilles personnes étaient toujours douces, gentilles et aimables ? Certaines, bien au contraire, sont sales, méchantes, haineuses… Un petit chef-d'œuvre d'humour noir.

Le Cygne *suivi de* La Merveilleuse Histoire d'Henry Sugar

Ernie part chasser avec son ami Raymond. En chemin, ils rencontrent Peter Watson, leur ennemi juré…

Moi, boy

Roald Dahl évoque son enfance et ses années de collège. Un livre drôle et émouvant.

Escadrille 80

C'est en Afrique que Roald Dahl occupe son premier emploi, dans une compagnie pétrolière. Mais la guerre éclate et il s'engage dans la R. A. F.… La suite de *Moi,boy*.